KB152647

겪어보면 안다

날마다
하늘만큼
환히 웃으소서

김홍신 마음모아

김홍신의 인생 수업

겪어보면 안다

김홍신
에세이

생각의 그물에 갇혀 있나요?

한창 바쁘게 살 때, 제 몸이 여러 개였으면 좋겠다고 생각한 적이 있습니다. 각각 글 쓰고, 방송하고, 운동하고, 강연하고, 책 읽고, 여행하고, 친구들을 만나면 좋겠거니 싶었습니다.

그 당시 삶의 우여곡절을 겪느라 몸과 마음이 괴로운 탓에 별의별 생각을 다 했던 것 같습니다. 생각의 등짐을 지고 허덕이는 '생각의 지옥'에 빠져 그 많은 일을 견딜 재주가 없었던 것이지요.

말과 글로 다 풀어낼 수 없는 복잡한 세상을 살아가는 우리는, 너무나도 많은 생각에 휘둘리며 살고 있습니다. 괴로운 마음을 슬쩍 내려놓으면 좋을 텐데, 그놈의 생각은 달라붙어 떨어지지를 않습니다.

불가에서는 수행을 통해 인생의 고통에서 헤어 나올 수 있다고 말합니다. 집착을 내려놓고 마음을 비워버리는 행위가 최고의 수행이라고 하지요. 그 말에 저는 명상, 마음수련, 참선, 면벽 수행, 죽음 체험, 유서 쓰기, 3천 배 등 여러 수련을 해봤습니다. 하지만 마음 비우기도 그때 잠시뿐, 며칠 지나면 예전의 삶으로 되돌아갔습니다.

지금까지도 생각의 감옥을 탈출한 자유인으로 살지는 못하고 있습니다. 어쩌면 그러한 연유로 소설가가 될 운명이었는지도 모르겠습니다. 할 수 있는 거라곤 글 쓰는 일뿐이어서, 요즘도 매일 꾸준히 글을 쓰고 빚으며 생각을 내려놓고 있습니다.

1976년 《현대문학》에 당선되어 소설가가 되었으니, 어느덧 등단 48주년을 맞이했습니다. 그사이 제 고향이자 문학의 발원지인 충청남도 논산에 김홍신문학관도 건립되었습니다. 개관한 지도 어언 5년이 지났습니다.

김홍신문학관은 '깨달음'을 뜻하는 반야산 자락에 자리 잡고 있습니다. 예술의 의미를 담아 문학관을 세웠고, 철학의 의미를 담아 집필관을 지었습니다. 건축 양식이나 내부 조성, 설립 이념 등의 측면에서 좋은 규범이 된다는 평가를 받았습니다.

고향 후배가 문학관 건립을 위해 거금을 쾌척하면서도 끝내 이름을 밝히지 않는 무주상보시의 정신을 보여줬습니다. 그 공덕을 제 가슴 깊은 곳에 쟁여두고 참된 글을 쓰겠습니다.

김대건 성인 탄생 200주년 기념 영화 〈탄생〉을 제작한 그 후배와 저를 포함한 영화 관계자들은 2022년 11월 16일, 교황청의 초청을 받았습니다. 시사회를 열고 특별 알현을 해주신 교황님의 첫 말씀은 "한국인은 세계사의 문화 민족입니다"였습니다. 어찌 한국인으로 태어난 것이 황홀하지 않았겠습니까.

성 베드로 대성당을 축성할 때 건축가들은 성당을 아름답게 꾸미기 위해 벽을 오목하게 파내어 벽감을 만들었습니다. 수도원을 창설하고 역사에 큰 기록을 남긴 성인들의 성상을 벽감에 모셨습니다. 2023년 9월 16일, 베드로 대성당의 벽감에 김대건 성인의 성상이 봉안되었습니다. 최초의 동양인이자 수도원을 창설하지 않은 성인이었습니다.

한국인의 위용이 증명된 역사의 현장에서 가슴이 울렁거렸습니다. 한국인의 문화적 위상을 다시금 깨닫고 김대건 성인의 헌신과 용기를 본받아 저 역시 더욱 진실되고 깊이 있는 글을 써나가야겠다고 다짐했습니다.

제가 모자라고 부덕한 탓에 우여곡절을 겪으며 살아왔지만, 챙기고 살펴주신 시절인연의 공덕으로 139번째 책을 출간하게 되었습니다. 끊임없는 성원과 격려를 보내주신 독자분들께 머리 숙여 고마움을 전합니다.

제 글을 늘 소담하게 가꾸어주는 해냄출판사의 정성을 마음에 잘 새겨두겠습니다.

2024년 여름

논산 김홍신문학관 모루정에서

김홍신

6장 세상의 주인은
   바로 나라는 것을

1장

한 생각 비틀면
인생이 바뀐다는 것을

은발이 잘 어울리십니다

저는 아버지를 닮아서인지 젊은 시절부터 새치가 다른 사람보다 일찍 생겼고, 나이 들어서도 동년배보다 흰 머리칼이 빨리 생겼습니다. 머리칼이 눈에 띄게 많이 빠지는 것도 아버지를 닮았지요.

머리숱이 어느 정도 적당할 때까지는 염색을 하지 않아도 그런대로 괜찮아 보였습니다. 그러나 40대 후반에 국회의원이 되고부터 사정이 달라졌습니다.

많은 사람을 만나거나 중요한 모임에 참석할 일이 잦아졌습니다. 사진을 찍거나 방송에 출연할 기회는 많아졌는데 머리숱이 점점 줄어 고심 끝에 염색을 하기로 했습니다.

얼마 지나지 않아 후회했지만, 한번 염색을 시작하면 중단하기 쉽지 않고 젊어 보인다는 소리까지 들으니 얼추 20년 가까이 정기적으로 염색하며 검은 머리로 살았습니다.

쉴 새 없이 자라나는 흰머리를 가리기 위해 보통 20여 일에 한 번씩 염색을 했습니다. 그러다가 사진을 찍거나 방송 촬영을 하거나 결혼식 주례를 하게 되면 열흘 만에 또 염색하는 때도 있었습니다.

염색을 해보면 머리칼이 더 빨리 자라는 것같이 느껴지곤 합니다. 뒷머리는 바로 보이지 않으니 신경이 덜 쓰이지만 얼굴 주변에 부지런히 솟아오르는 흰머리는 참 야속할 때가 많았습니다.

●

그러다가 코로나19 팬데믹으로 사회 활동을 거의 하지 못하고 집 안에 갇힌 생활을 하다 보니 염색약이 필요 없어졌습니다.

세상에, 염색약 하나 버렸을 뿐인데 그렇게 편할 수가 없습니다. 길이에 따라 염색한 머리칼이 다시 세는 기간이 다른데, 제 머리칼은 그리 길지 않은 덕에 1년쯤 지나니 완전한 백발이 되었습니다. 물론 검은 머리칼이 드문드문 나긴 했지만 전설 속의 도사처럼 백발이 되었습니다.

완전히 흰머리가 되는 동안 머리칼 색깔이 참 묘했습니다. 새로

자라나는 부분은 희고, 그 윗부분은 짙은 회색이며, 끝으로 갈수록 보기 싫은 누런 색깔이니 마치 오염된 옷감 같기도 했습니다.

반면에 머리숱은 많아 보였습니다. 검은 머리칼은 두피와의 색상 차이가 커서 머리숱이 적어 보이지만, 흰 머리칼은 색상 차이가 작아서인지 숱이 많아 보이기도 합니다.

숱이 적다 보니 검은 머리일 때는 스프레이를 뿌리거나 방송에 출연할 때 흑채를 쓰기도 했지만, 흰머리가 된 뒤에는 흑채나 스프레이가 없어도 숱이 적당해 보여 걱정을 덜었습니다.

얼마 전 스승과 제자들이 만나는 자리에서 한 제자가 제게 "은발이 정말 멋있으십니다"라고 말했습니다. 듣기 좋아서 얼른 "고마워요"라고 했습니다.

요즘 "백발이 잘 어울립니다"라는 말을 들을 때는 그냥 웃지만, "은발이 잘 어울립니다" 하면 "고맙습니다"라는 인사가 절로 나옵니다. 은발이 더 멋있다는 의미로 들리기 때문인가 봅니다.

그러자 옆에 있던 다른 스승께서 제자에게 이르기를 "이 사람아, 칭찬에도 격이 있다네. 은발에 홍안이시라 정말 멋있으시다고 해야지"라고 했습니다. 저는 그 자리에서 바로 스승께 두 손을 모으고 인사드렸습니다.

지인들은 제게 염색을 하면 훨씬 젊어 보일 거라며, 나이보다 10년은 더 젊어질 거라고 했습니다.

"속일 게 따로 있지, 나이와 세월을 어찌 속이겠습니까. 나이 먹고 늙는 게 정말 싫었는데 코로나에 걸려 죽을 고비를 견디고 나니까 아프지만 않으면 늙는 것도 편안히 받아들일 수 있을 것 같습니다."

"사회적으로 많이 알려지셨는데, 그래도 젊어 보여야 주변 사람들도 좋아하지 않겠습니까? 젊게 사시면 좋지요."

"젊은 척하는 것도 괴로움이 됩니다. 나이 들수록 마음에도 염색을 해야 하는데 그동안 머리 염색만 했으니 이제는 마음 염색도 하려고 합니다."

요즘 거울을 볼 때마다 염색이라는 가면을 쓰고 살았던 세월을 떠올리며, 이제는 제 본디 모습으로 돌아왔다는 안도의 기쁨을 누리곤 합니다.

●

머리칼뿐만이 아닙니다. 제 작은 몸집도 늘 신경 쓰며 살았습니다. 저보다 열 살이 많았던 배우 고(故) 신성일 선생님과는 젊은 시절부터 어울리곤 했기에 저는 "성일이 형!"이라고 불렀습니다. 돌아가시기 1년쯤 전에 형의 단골 식당에서 함께 밥을 먹으며 옛날이야기를 한 적이 있습니다.

"내가 젊을 때 형 미워했던 거 알아?"

"벌써 백 번째 말했잖아."

그랬습니다. 형은 인물 좋고 키가 큰 데다 체구도 단단해 멋있었습니다. 반면에 저는 아담한 몸집에 평범한 모습이었기에 그런 형이 부러워서 은근히 시샘을 했던 것입니다. 그날 성일이 형은 이런 말을 했습니다.

"넌 나보다 오래 살 거다. 유명한 의학박사가 쓴 글을 보니까 너처럼 몸집 작은 사람이 건강하게 오래 산다더라."

저도 그런 글을 읽은 적이 있었지만, 기분이 좋은 건 읽을 때뿐이었습니다. 그런데 성일이 형이 그 얘기를 하는 순간 문득 제 아담한 체구가 사랑스러워졌습니다.

과학적 신빙성이 있는지는 모르지만, 요즘 저는 아담한 체격을 은근히 내세우곤 합니다. 좁은 자리에 여럿이 앉을 때마다 "일부러 몸을 줄여가지고 나왔습니다"라고 말할 정도입니다. 이렇게 생각을 살짝 비틀고 마음을 조금 바꾸면 살맛이 나곤 합니다.

●

그렇습니다. 이제껏 세상으로부터 보고 들은 말이나 맛보고 느낀 것은 영원하지 않습니다. 나에 대한 평가나 판단도 그러합니다. 끊임없이 변화하고, 언젠간 끝나는 것입니다. 그래서 지금 살아 있음을 즐겨야 합니다.

6·25전쟁 때 여성 종군 기자 마거릿 히긴스는 영하 30도의 강추위에 시달리고 죽음의 공포에 지친 병사에게 "무엇을 가장 절실하게 원합니까?"라고 물었다고 합니다. 병사의 대답은 바로 "제게 내일을 주십시오"였습니다.

내일이 있다는 것만으로도 황홀한 은총입니다. 머리가 하얗든 몸집이 작든 그 어떤 모습이든 좋습니다. 살아 있음이 희망이요, 즐거움이니까요.

기분 좋은 자가최면

저는 평생 낮보다 조용한 밤에 글 쓰는 게 습관이 되어서인지 아침잠이 많습니다. 아침형 인간을 보면 부럽기도 해서 생활 습관을 바꾸어보려고 한 적도 있습니다. 하지만 아직도 올빼미형 인간에서 벗어나지 못하고 있습니다.

살다 보니 이른 새벽에 일어나야 할 때가 종종 있습니다. 아침 방송을 진행하던 때는 늦잠을 자다가 실수했던 적도 있고, 지방에 강연하러 갈 때 늦은 적도 있어 항상 잠들기 전에는 이런저런 걱정을 하곤 합니다.

그래서 자명종 시계 두 개를 머리맡에 놓아둡니다. 전에 자명종 한 개만 켜놓았다가 배터리가 닳아 실수한 적이 있어 두 개를 켜두게 되었습니다. 시각을 맞출 때는 동시에 울리지 않고 약간의 시차가 있게끔 조정해 둡니다.

참 신기한 것은 새벽 4시 30분에 일어날 수 있게 자명종을 맞추어놓으면 꼭 4시 10분이나 15분쯤에 눈을 뜹니다. 5시에 일어나야 할 때는 눈을 뜨면 4시 40분경이고, 4시에 일어나야 할 때는 3시 50분쯤에 눈을 뜨곤 합니다.

보통 10분에서 20분쯤 먼저 깨면, 조금 더 자면 좋겠다고 아쉬워하거나 억울해하지요. 하지만 이렇게 미리 일어나 눈 비비고 면도하고 씻고 옷을 입으면 마음의 여유가 생겨서 실수하지 않을 수 있습니다. 어떤 때는 간단히 컵라면 먹을 여유가 생겨 속이 든든한 상태로 강연을 할 수 있습니다.

사실 아침 일찍 강연이나 방송 출연이 있어 새벽에 일어나야 할 때면 조금 짜증이 나기도 합니다. 그럴 때는 얼른 생각을 바꾸어버립니다. 이왕 일어났고 강연이나 방송에서는 좋은 얘기만 하기 마련이니까 함께 모여 마음공부를 하는 거라 생각해 버립니다.

또한 만나는 사람들에게 작든 크든 삶을 배우고 그들과 좋은 시절인연 맺는 것을 인생의 활력이라고 생각하면 짜증이 일시에 사라집니다. 제가 봐도 표정이 좋아지고 말할 때 자신감이 생깁니다.

심리학 이론 중에 자가최면(自家催眠)이라는 게 있습니다. 자기 암시로 스스로 최면 상태에 빠지는 현상을 말합니다. 이를 일상 속에 적용해 볼 수 있습니다. 자명종이 울리기 전에 저절로 일어나는 것이 바로 자가최면 현상입니다. 저만 그런 게 아니라 이미 많은 분들이 경험했을 것입니다.

뭔가 성취하기를 바라는 기도나 시험 잘 보고 사업을 잘하기 위해 부단히 노력해서 뜻을 이루는 것도 자가최면을 이용하는 거라고 할 수 있습니다.

건강하기 위해 부지런히 운동하고 체중 관리를 위해 음식을 조절하는 것도 자가최면입니다. 생각을 슬쩍 바꾸는 것, 이왕 닥친 일이라면 긍정적으로 생각해 버리는 것도 마찬가지입니다.

이처럼 일상에서도 자가최면을 걸어야 합니다. 피곤할 때는 쉬면서 재충전하고, 아플 때는 내 몸의 아우성을 들어주고, 괴로울 때는 마음 비우기를, 화가 날 때는 생각을 바꿀 수 있도록 애써 최면을 걸어야 합니다. 세상사 저절로 해결되는 게 없습니다. 인내하고 애써야 이루어지는 것투성이인 게 세상사고 인생입니다.

예전에 등산을 자주 했습니다. 우리나라에서 소문난 명산은 거의 다 올라보았습니다. 백두산, 금강산은 물론이고 설악산, 계룡산, 지리산, 한라산 정상에도 올랐습니다.

산을 오르는 동안 몸이 고달파 괜히 왔다고 후회될 때마다 정상에 올랐을 때의 그 성취감과 통쾌함을 상상하고 '나는 마음먹은 대로 할 수 있다'며 스스로 최면을 걸곤 했습니다.

폭설 속에서 안나푸르나를 등정할 때는 일기장에 '내 나이와 신체적 약점을 이겨낸 걸 자랑거리로 만드는 기회'라고 적으며 죽기 살기로 올랐습니다. 긍정적으로 마음 바꾸기, 나를 주인공으로 만드는 마음 다지기는 참 근사한 자가최면입니다.

인간의 유통기한은 태어나서 죽을 때까지입니다. 그러나 인생의 유통기한은 사람답게 산 기간을 말합니다. 사람답게 산다는 것은 최소한의 의식주를 해결하는 데 어려움이 없고 육신의 건강을 유지하며, 가족과 화평하게 지내고 우정을 돈독히 하며 영혼이 자유로운 상태를 의미합니다.

아무리 많은 걸 가졌어도 마음이 어둡고 자유롭지 못하면 사람답게 사는 게 아닙니다. 마음이 밝아야 사람답게 사는 겁니다.

세상이 복잡하고 시절인연이 많으며 원하는 게 많을 수밖에 없는 세상살이에 어찌 밝은 마음으로만 살 수 있겠습니까만, 밝은

마음은 결코 절로 생기지 않습니다. 내가 만들어야 합니다. 나를
귀하게 만들면 밝은 사람이 될 수 있습니다.

언제나 신혼

고려대학교 의과대학 나홍식 명예교수의 '몸 이야기'에 의하면 사람 피부의 표피세포 수명은 28일이라고 합니다. 피부 안쪽에 있는 기저세포가 분화해 바깥쪽에 있는 각질세포로 변화하고, 이후에 피부에서 떨어져나간다고 하지요. 그러므로 우리의 겉모습인 피부는 한 달 전의 그 피부가 아닙니다.

위를 구성하는 점막세포도 이와 비슷하다고 합니다. 혈액 속 적혈구의 수명은 120일로, 넉 달 전에 내 혈관을 흐르던 적혈구는 하나도 빠짐없이 사라지고 새것이 돌아다니게 된다고 합니다.

다른 자료에 따르면 손발톱은 180일, 뼈와 근육은 200일 정도면 바뀐다고 합니다. 분열하든 성장하든 우리 몸의 세포가 1년이면 거의 모두 새로운 것으로 바뀌기에, 지금의 나는 1년 전 내 모습과 비슷할 뿐 완전히 다른 세포와 성분을 가진 생명체로 바뀐 겁니다.

●

부부를 대상으로 한 강연에서 제가 "다시 태어나면 지금 같이 살고 있는 사람과 또 살겠습니까?"라고 장난스럽게 물어보면 역시 장난스럽게 "안 살겠다"는 사람과 "악착같이 살아서 속을 박박 썩이겠다"는 사람, "다시 태어나면 다른 사람과 살아보겠다"는 사람이 있습니다. 물론 "다시 태어나도 지금 이 사람과 정말 재미나게 살고 싶다"는 사람도 있습니다.

더러는 "혼자 살겠다"거나 "연애만 하고 같이 살 생각은 없다"고 합니다. 그래서 제가 "지금 같이 사는 사람을 이웃집 여자, 이웃집 남자라고 생각해 보세요. 그래도 싫은가요?"라고 하면 한바탕 웃음으로 대답합니다. 그리고 저는 이렇게 말했습니다.

"부부가 함께 살면서 피할 수 없는 것 중 하나가 권태기입니다. 권태기 해결책 중 하나로, 이렇게 생각해 보세요. 지금 옆에 있는 남편과 아내는 일 년 전 그 남자와 그 여자가 아니라 새 남자이고 새 여자이니 일 년마다 신혼이라고요."

그렇게 생각을 바꾸면 그런대로 살맛이 날 거라고 했더니 모두 소리 내어 웃었습니다.

강연을 마치고 편한 식사 자리에서 '현재의 나는 1년 전의 나와 겉모습만 비슷할 뿐 다른 생명체'라는 주제로 대화를 나누었습니다. 장난기 많은 사람이 이렇게 말했습니다.

"저는 성당에 다니는데, 선생님께서 제가 매년 다른 여자랑 사는 거라고 하시니 저야말로 대죄를 지으며 살고 있네요. 큰일 났습니다. 아이가 셋인데, 그럼 우리 애들은 모두 엄마 아빠가 다른 거잖아요."

그 말에 모두 한바탕 웃었습니다. 분위기가 재미있게 돌아가자 다들 한마디씩 거들었습니다.

"제가 청맹과니인가 봐요. 결혼할 때 그 남자랑 지금까지 한집에서 사는 줄 알았는데 매년 남편 바꿔 산 걸 이제 알았네요. 이렇게 살아도 천당 갈까요?"

"이따 집에 가면 문 열고 들어가자마자 아내에게 '아이고, 누구십니까?' 해보겠습니다. 아내가 뭔 소리냐고 하면 당신이나 나나 일 년마다 바뀌니까 신혼여행 다시 가자고 할 참입니다. 점수 좀 따야 하니까요."

"저는 매년 바뀌는데 남편은 맨날 그대로예요. 과학이 틀릴 수도 있겠죠. 남편이 돌연변인가……."

"사랑의 유통기한이 삼 년 정도밖에 안 된다는 글을 읽은 적이 있는데 제가 삼십 년을 아내랑 같이 살 수 있었던 건 매년 저희가 다른 남자, 다른 여자였기 때문이었나 봅니다. 부부는 전생의 원수끼리 만난다고 하는데, 원수의 유통기한도 일 년인가 보네요. 그래서 다들 우격다짐으로 사나 봐요."

이런저런 우스갯소리로 시간 가는 줄 몰랐습니다. 겉모습만 비슷할 뿐 1년마다 완전히 다른 세포와 성분으로 바뀐다는 게 신기하고 재미있어서 그날 분위기가 참 좋았습니다. 마무리 이야기를 해달라고 해서 저는 이렇게 말했습니다.

"몸은 바뀌었는데 생각과 마음이 바뀌지 않았기에 자신에게 권태기를 느끼는 거라고 생각합니다. 생각의 천사, 마음의 보살이 되어야 남은 인생이 가볍고 편안합니다. 천사는 실체라기보다는 행위 자체이고, 보살 역시 존재라기보다는 행위 자체가 아니겠습니까."

내 생각과 마음이 그대로면 상대가 바뀌었다는 걸 인정하기 어렵습니다. 나도 1년 전의 내가 아니고 상대도 1년 전의 그 사람이 아니라고 생각할 수 있는 게 지혜입니다. 1년이면 나와 그의 몸이 바뀐다는 사실을 아는 것은 지식이고, 생각과 마음을 유용하게 바꾸는 건 지혜입니다.

인생, 요행은 없습니다

저는 유치원에 다닐 때부터 고등학교 때까지 무려 스물두 번이나 봄, 가을 소풍을 은진미륵이 있는 논산 관촉사로 갔습니다. 고등학교 2, 3학년 가을 수학여행 때를 빼면 모두 은진미륵을 구경하러 간 셈입니다.

유치원과 국민학교 저학년 시절에는 소풍 때마다 보물찾기를 했습니다. 선생님이 은진미륵 주변에 미리 숨겨둔 종이쪽지를 찾는 놀이였는데, 쪽지에는 '공책', '연필', '지우개', '책받침' 같은 보물 이름이 적혀 있고, 더러는 '동화책'이 쓰여 있기도 했습니다.

그런데 참 어이없게도 이리 뛰고 저리 찾아다녀도 저는 늘 빈손이었습니다. 유별나게 많이 찾은 친구도 있었고, 딱 한 개만 찾은 친구도 있었는데 말입니다. 빈손으로 집에 가기 싫어서 많이 찾은 친구에게 쪽지 한두 개를 달라고 한 날에는 속이 좀 상했습니다.

한번은 쪽지 여러 개를 찾은 친구가 선생님께 이르기도 했습니다. 제가 보물을 뺏어갔다고요. 그래서 선생님이 제가 보물찾기를 가장 못하는 걸 알게 되었습니다. 선생님이 다그쳐 물어 저는 소풍 때마다 보물을 찾지 못했다는 얘기를 했고, 그래서 친구들에게 반강제로 얻었다고 했습니다.

솔직히 말한 게 행운이 되었습니다. 가을 소풍 때, 선생님이 쪽지 숨기는 일을 저하고 같이 했습니다. 물론 저는 보물을 찾는 대신 도시락 지키는 당번을 했습니다. 선생님은 도시락을 싸 갔던 제 책보에 연필과 공책, 그리고 책받침까지 남모르게 넣어주었습니다.

●

어른이 되어서도 저는 어쩌다 산 복권은 물론이요, 행사장에서 분위기를 띄우려고 나누어 주는 행운권 추첨에도 언제나 당첨되지 않았습니다. 어느 때인가, 대학 동창 모임에서 백여 명 참석에 행운권 백 장을 추첨했는데 놀랍게도 당첨되지 않은 서너 명 중 한 명이 저였습니다.

그다음 모임에서는 제 옆자리에 앉은 친구가 행운권을 바꾸어주었습니다. 그랬더니 그 친구가 당첨이 되었습니다. 그래서 저는 평생 요행수가 제 팔자에 없는 거라고 생각했습니다. 스승께 그런저런 얘기를 했더니 한 방에 제 마음을 눕혀주셨습니다.

"사주팔자, 잘 타고난 겁니다. 요행수가 없으니 평생 노력해야 먹고살 팔자지요. 그러니 늙어서도 일을 해야 할 거고 덕분에 건강할 수밖에 없어요. 그게 진짜 복 받은 거지요. 우리나라 재벌 총수나 세계적인 부호나 명사들도 행운권 추첨이나 심지 뽑기에 잘 당첨되지 않는다는 얘기를 들은 적이 있어요. 사업, 건강, 잘 늙는 일에는 요행수가 통하지 않습니다. 행운이란 자기가 만드는 것이지 하늘에서 뚝 떨어지는 게 아니잖아요."

세월이 지나고 보니 그 말씀이 틀리지 않다는 걸 새삼 실감합니다. 인생에는 요행이 없습니다. 행운도 없습니다. 요행이나 행운이라고 느낄 뿐이지요. 요행(僥倖)이란 뜻밖에 얻은 행운이고, 행운(幸運)은 좋은 운수를 뜻합니다. 원하는 대로 일이 잘되었거나 기대 이상의 좋은 일이 생긴 것은 노력의 결과이거나 인연을 잘 맺은 공덕으로 얻은 것입니다. 남에게 베푼 열매가 돌아온 것이거나 사랑의 보답 또는 용서에 대한 은덕일 수도 있습니다.

행복은 나 자신이 발명하는 것이자 내가 발견하는 것이며, 스스로 만드는 것입니다.

삶에 보탬이 되는 '하얀 커닝'

저는 마흔한 살에 박사과정을 수료하고 시간강사로 일했습니다. 박사학위를 받은 뒤에는 다른 직책이 있어 겸임교수와 초빙교수를 지냈지요. 훗날 석좌교수가 되었으니 20여 년간은 제자들과 어울려 산 셈입니다. 잊을 수 없는 추억이 참 많습니다만, 저는 제자들을 가르쳤다기보다 제자들에게 배운 게 더 많았다고 생각합니다.

학교 다닐 때 시험 점수에 매달리던 제 모습이 떠올라 유별나게 점수를 후하게 주는 교수가 되고 싶었습니다. 더구나 취업 걱정만으로도 조바심 날 수밖에 없는 세상이기에 점수를 잘 주어서 제자들이 성적 걱정을 덜고 풋풋한 인생사를 꾸려가기를 소망했습니다.

그래서 몇 가지 시도한 것 중 하나가 공부는 열심히 하지만 성적 걱정은 덜어주고, 다른 과목과 차별화하여 내 과목은 교과서 이외의 인생사와 철학, 종교, 역사, 문화, 예술, 정치, 사회, 고전 등 다양한 분야와 접목시키고자 했습니다.

기말고사 역시 제가 약속한 대로 시험 감독 없이 치렀습니다. 시험지를 나눠 준 뒤에 "시험 준비 잘 했나요?"라고 물었습니다. 학생들은 대부분 잘 했다고 대답했습니다.

저는 고개를 저으며 말했습니다.

"내 과목은 시험 준비 하지 말라고 했지요. 나는 감독 없이 시험을 보기로 했습니다. 교재나 자료를 책상 위에 펼쳐놓아도 좋습니다. 종료 시각에 조교가 답안지를 걷으러 올 테니 학번과 학과와 이름을 정확히 쓰세요."

자유로운 분위기에서 시험을 치르게 했지만, 저는 학생들에게 "시험 볼 때 커닝은 비겁한 훔치기입니다"라고 강조하곤 했습니다.

"커닝을 잘하려면, 우선 들키지 않아야 하고 방법이 교묘해야 합니다. 남의 것을 그대로 베끼는 게 아니라 적당히 응용해야 하고, 눈이 밝아야 하며, 실력 있는 사람을 좌우에 두어야 하기도 하지요. 또, 채점자의 성향에 맞는 답을 써내야 합니다. 사실 그럴 재주가 있으면, 정상적으로 시험공부를 하는 게 사람다운 행실이지요. 나라를 좀먹고 국민을 멸시한 자들의 습성이 바로 비겁한 훔치기를 잘하는 것이었습니다. 역적과 간신의 행실이지요."

이어서 제 나름대로 이렇게 말했습니다.

"단순히 사전적 개념으로도 커닝은 나쁜 짓이 분명합니다. 그런데 거짓말에 새빨간 거짓말이 있고 하얀 거짓말이 있는 것처럼, 커닝에도 새까만 커닝과 하얀 커닝이 있습니다. 시험 볼 때 커닝하지 말고, 살아가며 남을 이롭게 하는 하얀 커닝을 하세요."

저는 학생들에게 인생의 '하얀 커닝'을 잘해야 한다고 다독거렸습니다. 젊은 시절에는 좌절할 일이 의외로 많습니다. 세상이 좌절이나 시련, 고난을 주는 까닭은 희망을 주기 위해서고, 넘어지게 하는 이유는 일어나는 법을 가르치기 위해서입니다. 흔들리고 꺾이고 넘어질 때 이런 '하얀 커닝'이 도움이 됩니다.

남을 기쁘게 하는 방법과 세상에 보탬이 되는 요령 등을, 남의 경험을 교훈 삼아 터득하는 게 곧 인생의 '하얀 커닝'입니다. 책을 많이 읽고, 좋은 스승을 만나고, 인문학을 섭렵하고, 문화예술을 자주 체험하고, 고전을 탐독하는 것은 '하얀 커닝'의 좋은 예입니다. 명상이나 기도를 정성껏 해보거나 남의 실패담에 귀 기울이고, 국토 기행을 하며 남의 삶을 배우는 것도 마찬가지고요.

●

살다 보니 재미있는 커닝을 알게 되기도 합니다. 연극계의 명배우이자, 젊을 때 참선 공부를 같이한 인생 선배인 전무송 형이 데뷔 50주년 기념 공연을 마치고 축하연을 하는 자리였습니다. 축배를 드는데, 형의 손바닥에 볼펜 글씨 자국이 흐릿하게 보였습니다. 분명 한글로 쓴 단어였기에 그게 뭐냐고 물었습니다. 형이 소리 내어 웃으며 말했습니다.

"대사 중에 외우기 어려운 말이나 평소 잘 쓰지 않는 말, 헷갈리는 말을 혹시 까먹을까 봐 손바닥에 쓴 거라네. 관객을 실망시키면 안 되니까."

"오늘 연기할 때 손바닥 본 적 있어요?"

호기심에 이렇게 물었습니다.

"그런데 희한하게도 커닝하려고 써놓은 건 보지 않고도 술술 나온다네."

맞습니다. 커닝 페이퍼를 감추고 있을 때 커닝하지 않아도 절로 떠오르는 이유는 자기암시 때문입니다.

또 호기심이 발동하여 국악계의 큰어른들께도 여쭈어보았습니다. 평소 세 시간씩 완창을 하는 분인데도 잘 부르지 않던 노래를 부를 때는 긴장하게 된다고 합니다. 실수하지 않으려고 접이식 부채인 합죽선에 연필로 단어를 몇 자쯤 적어두었다가 노랫

말이 막히면 부채를 좌악 펼쳤다 접으며 노래를 이어갈 때가 더러 있다고 했습니다. 잘하고 싶은 마음에 이런 세세한 것까지 신경을 쓰게 되는데, 그 결과 막상 공연이 시작되면 커닝 없이도 잘 해낸다고 합니다.

그런 커닝도 곧 '하얀 커닝'이지요. 이는 곧 우리 인생을 도와주는 지혜로운 '자기암시'이자 '자가최면'입니다.

닦을수록 맑아지는 마음의 거울

흔히 '관상이 좋다'는 소리를 듣는 사람은 대개 인생을 즐겁게 사는 사람입니다. 관상은 단지 사람의 생긴 모습으로만 판단하는 게 아니라, 그가 생각하고 행동하여 변화한 모습을 판단하는 거니까요.

2022년과 2023년, 저는 운 좋게도 프란치스코 교황님의 초청을 받아 바티칸에서 두 번이나 특별 알현을 했습니다. 교황님은 국가원수를 만나는 클레멘스 8세 홀에서 저희들에게 강복과 축성을 해주셨습니다.

자랑삼아 말씀드리면, 바티칸 성직자성 장관인 유흥식 추기경님이 저를 두고 "대한민국 최초의 밀리언셀러 작가이고, 논산에 김홍신문학관이 있으며, 지금까지 137권의 책을 출간했다"고 따로 소개해 주었습니다. 그러자 교황님께서 저에게 '엄지척'을 해주셨습니다. 지금도 서재에 그때의 사진을 걸어놓고 교황님의 참 따스한 미소를 새기고 있습니다.

유흥식 추기경님과 교황님은 늘 웃는 얼굴입니다. 두 분은 미소만 아름다운 게 아니라 관상도 아름답습니다. 미소가 그런 아름다운 관상을 만들었으니, 그 미소는 영혼의 깨달음으로부터 오는 인간애의 상징입니다.

교황님께서 하신 마지막 말씀이 "자주 웃으세요"였는데, 평소 잘 웃어지지 않는 걸 보면 제 영혼이 아직 다듬어지지 않은 것 같습니다.

평소엔 편안하게 웃다가도 방송 카메라 앞에 서거나 "여기 보세요"하며 휴대전화로 사진을 찍으려 하면 갑자기 웃음이 멈추고 표정도 굳어지곤 합니다. 그건 제가 사진에 잘 나오기를 바라는 욕심 때문이거나, 남의 시선을 의식해서이거나, 긴장했거나 웃는 습관이 없기 때문인 것 같습니다.

제가 나온 사진을 확인해 보면 마치 증명사진을 찍은 듯 표정이 굳어 있습니다. 비교적 사진을 많이 찍힌 편이고 텔레비전 프로그램에 자주 출연했지만 카메라 앞에서 표정을 관리하기는 어렵습니다.

사진 찍을 때마다 제 표정이 경직되자, 늘 저를 살펴주던 지인이 "사진 찍을 때는 입꼬리를 끌어 올려 치아가 살짝 보이게 해보세요" 하고 권했습니다. 그 말대로 했더니 정말 사진 속의 제 표정이 좋아 보였습니다. 그렇게 평소에도 늘 웃는 표정이라면 얼마나 좋겠습니까.

●

사진을 잘 찍는 사람은 카메라 앞에 선 사람을 웃기거나 분위기를 유도해 편안한 표정이 나오게 만듭니다. 대부분의 사람은 그 덕분에 자연스러운 표정을 짓게 되지만, 배우는 보통 사람들과 다릅니다. 더구나 명배우는 어떤 상황에서도 카메라 렌즈를 보면서 자연스럽게 표정연기를 합니다.

'국민배우'라 불리는 안성기 선생과는 영화제 행사에 함께 참석한 적도 있고 가끔 함께 와인을 마시기도 했습니다. 작년에는 안 선생과 함께 로마 교황청을 방문했습니다. 안 선생이 투병 생활로 몸과 마음이 힘들 때였는데, 선생의 얼굴을 알아본 사람들이 사진을 찍자고 하면 언제 아팠냐 싶게 밝은 웃음으로 모델이 되어 주었습니다.

더러 부축을 받아야 할 때도 있었는데, 함께 움직이던 중 선생이 찍힌 사진을 보면 아픈 모습 그대로였습니다. 그가 진정한 명

배우라고 생각한 것은 병마로 인해 평소에는 아픈 모습이지만, 본인이 의식하고 찍은 사진에서는 그야말로 해맑은 표정이 된다는 사실 때문입니다.

●

젊은 시절에 소설을 쓰기 위해 무속과 관상, 사주풀이 등을 배운 적이 있습니다. 배운 걸 응용하여 장편소설 『풍객』을 비롯한 여러 소설과 수필을 썼습니다.

가르치는 사람마다 표현이 다르지만 '관상 좋게 만드는 비법'은 거의 비슷했습니다. 가벼운 마음으로 상대를 배려하고 베풀며, 화를 내려놓고 항상 미소로 사람을 대하면 관상이 좋아진다고 했습니다. 그러면 운과 복이 따른다고요. 몸도 건강해지고, 하는 일마다 인복이 따르며, 귀인이 나타난다고도 했습니다.

어찌 이를 반박할 수 있겠습니까. 성현들의 말씀도 그러했고, 스승들의 가르침이나 부모님의 타이름도 얼추 비슷했으니까요. 문제는 게으름과 우매함 때문에 배운 대로 실천하지 못하고 가르침을 잊어버리는 '상습적 건망증'인 것 같습니다.

●

세계적으로 유명한 한 의학 잡지를 인용한 글에서 배우들의 인생살이에 대한 내용을 읽은 적이 있습니다. 배우들이 악당이나 환자, 노인 역할을 하면, 없던 주름살이 생기고 피부가 나빠진다고 합니다. 허리도 아프고 몸이 자꾸 찌뿌둥하며 소화불량에 시달리거나 불면증이 생기는 경우도 있다지요. 심지어 정신과 치료를 받기도 한답니다. 놀라운 내용이었습니다.

80대에도 열정적으로 활동하고 있는 배우 박정자 선생님과 손숙 선생님께 이런 얘길 했더니 맞다고 하시며 이렇게 말씀하셨습니다. "육 개월만 젊은이 역, 사랑하는 역, 착하고 남을 돕는 역을 하면 주름살이 없어지고 몸도 가벼워지며, 잠도 잘 오는 데다 다이어트까지 되지요." 손숙 선생님은 "육 개월까지도 안 가요. 삼 개월이면 변하던데요?"라고 했습니다.

한 모임에서 안성기 선생도 비슷한 얘기를 했습니다.

"연극배우는 잘 변하지만 영화배우는 조금 덜 변합니다. 아마 연극배우는 매일 같은 역할을 오랫동안 연기하지만, 영화배우는 매일 다른 장면을 촬영하기 때문인 것 같아요"라고 했습니다.

주어진 역할을 연기만 했을 뿐인데도 배우의 외모와 건강상태가 달라진다니, 평소 우리는 살아가며 어떤 역할을 해야 할까요? 남의 인생을 대신 살아보는 배우가 그렇게 변한다는데, 우리는 어떻게 살아야 할까요?

우리는 어떤가요? 날마다 다람쥐 쳇바퀴 돌듯 살고 있는 건 아닌가요? 물론 매일 다르게 살 수는 없습니다. 하지만 가능하면 조금씩이라도 생각과 태도를 바꾸어보는 게 멋진 인생 아닐까요. 습관은 한 번에 확 바뀌지 않습니다. 가능한 한, 한 번에 바꾸면 좋겠지만 단번에 바꾸기는 정말 어렵습니다. 그래서 슬쩍, 조금씩 바꿔보는 게 삶의 지혜입니다.

●

30대 때 소설가로 성공한 후 40대 후반엔 정치를 하겠다니까 산 지사방에서 반대하고 말렸습니다. 아내까지도 말렸습니다.

문학인의 사명 중 하나는 시대를 조명하는 것이기에 지난날 저는 정치판을 매섭게 비판하는 글을 수없이 썼습니다. 그렇기에 더욱더 주위의 반대가 거셌지만, 그토록 비판하던 정치판을 제대로 경험한 후 문학판으로 되돌아오겠다고 각오했습니다.

사연이야 구구절절하지만 그런 제가 정치판에 뛰어들었으니 언젠간 반드시 돌아가야 할 문학밭에서 엉터리였다는 소리를 들어서는 안 된다는 각오였습니다. 더구나 가족과 친인척, 친구들과 시절인연을 맺은 분들에게 엉터리 국회의원이었다는 소리도 들어서는 안 된다고 생각했습니다. 그랬기에 임기를 6개월 남겨두고 국회의원직을 던지기 전까지 7년 6개월 동안, 거의 제 몸과 마음을 학대했다고 할 정도로 애썼습니다.

그 시절 텔레비전 화면에 담긴 제 얼굴과, 신문이나 잡지에 실린 사진을 보면 지금도 가슴이 먹먹합니다. 인상이 칼날 같습니다. 눈빛이 날카롭고 표정이 매섭습니다. 분위기도 살벌하고, 웃음기 하나 없습니다.

정치를 접고 문학밭으로 돌아와 3년 동안 거의 두문불출한 채 우리가 잃어버렸던 1,300년 전 발해를 배경으로 역사소설을 썼습니다. 고구려 멸망부터 발해 멸망까지 장장 258년의 장엄한 얘기를 그렸습니다.

불면증을 시작으로 탈모, 근육마비, 요로결석, 갑상샘항진증, 알레르기, 허리디스크, 공황장애 등 갖가지 병마에 시달리며 200자 원고지 1만 2천 장을 손으로 썼습니다. 소설 제목에 작가 이름을 넣고 싶다는 출판사의 요청으로 『김홍신의 대발해』열 권을 2007년 출간했습니다.

출간 당시에 거의 탈진한 상태였으나, 텔레비전에 출연한 제 모습을 보면 신기하기 짝이 없습니다. 얼굴이 훤하다는 소리를 참 많이 들었거든요. 평생 처음으로 출판기념회를 열었는데, 지금은 작고하신 이어령 선생님께서 축사하시며 "득도한 얼굴 같군요"라고 말씀하셨습니다. 평생 처음으로 3년간 지옥 체험을 했다고 생각할 정도였는데, 지금도 그때의 사진을 보면 국회의원 때와는 다르게 화평한 표정입니다.

1997년 외환위기 때 빚잔치로 전 재산을 날린 지인을 만난 적이 있습니다. 마음고생이 심했던 그의 얼굴은 차마 마주하기 안타까울 정도였습니다. 얼마 뒤 그는 고향으로 내려갔고, 마음을 다잡았다며 저를 집으로 초대했습니다. 그의 얼굴을 보고 깜짝 놀랐습니다. 신선이 따로 없다 싶은 화평한 얼굴이었으니까요. 그는 "비록 다 잃었지만 살아 있는 것만도 기적이라고 생각하며 마음 내려놓고 살았더니 병도 낫고 살맛이 납니다"라고 했습니다.

그렇습니다. 사람의 얼굴은 스스로 마음먹은 대로 보여지는 '마음의 거울'입니다.

행복을 붙잡는 방법

현실에서 어떻게 주인 노릇을 할 수 있는지 알려드릴까요?

10여 년 전, 지방에 강연을 하러 갔을 때입니다. 오후 2시 강연이라 점심 식사를 하지 못한 채 출발했습니다. 대강당에서 90분 강연을 하려면 목청이 살아 있어야 하는데 출출한 상태라 은근히 걱정되었습니다. 마이크 성능이 좋아도 배고프면 아무래도 목소리나 표정이 밝을 수 없기에 젊은 기사에게 "가는 길에 가게가 있으면 컵라면이라도 먹읍시다"라고 했습니다.

왕복 2차선 지방 도로를 달리고 있었는데 마침 길가에 음식점이 눈에 띄었습니다. 가게 앞 현수막엔 '냉면 개시 5천 원'이라고 쓰여 있기에 얼른 차를 세우고 들어가 기사와 함께 냉면을 먹었습니다. 시골길의 음식점에 신용카드를 내밀기가 머쓱하여 1만 원권을 한 장 냈습니다.

젊은 기사가 "잘 먹었습니다, 고맙습니다"라고 인사했을 때, 저는 웃으며 말했습니다.

"무슨 말씀. 내가 고마웠어요. 세종대왕을 내 마음대로 하게 해 주었으니까요."

처음에는 무슨 뜻인지 모르던 젊은이가 곧 제 말뜻을 알아듣고 "그렇게 말씀해 주시니 더 고맙습니다"라고 했습니다.

사람들과 어울리다가 커피값이나 식사 비용을 낼 때 돈을 썼다고 생각하지 말고, 세종대왕도 신사임당도 내 마음대로 했다고 생각해 보세요. 내가 세상의 주인이라는 걸 느끼게 됩니다.

아이들에게 용돈 줄 때도 돈을 준 게 아니라 세종대왕이나 신사임당을 선물했다고 생각하면 즐겁고 재미있습니다. 그러면 외국에 갔을 때는 그 나라의 초대 대통령이나 황제도 내 마음대로 사용하는 사람이 됩니다.

●

생각을 슬쩍 바꾸면 내가 이 세상의 주인 노릇을 하게 됩니다. 주인은 머슴이나 노예와 달라야 하지요. 돈의 주인으로 살기 위해서도 고정관념을 슬쩍 바꿀 수 있어야 합니다. 돈의 노예로 살면 세월은 너무 길고 험난합니다.

돈은 살아가는 데 꼭 필요한 것이기에 세상 사람들이 서로 차지하려고 안달합니다. 그래서 돈을 손에 쥐려면 피와 땀과 눈물이 묻어날 수밖에 없습니다.

흔히 돈이 행복의 수단이라고 생각합니다. 행복은 상대적인 것이지 결코 절대적인 게 아닙니다. 행복은 내일이 아니라 오늘에 있다는 걸 알아야 합니다. 행복과 불행은 한곳에 머무른 적이 없습니다. 특히 행복은 잘 흔들리기에 돈이나 물질로 붙잡을 수 없습니다. 손이 아닌 마음과 생각으로 붙잡아야 합니다.

사람들은 대부분 공짜를 좋아합니다. 그러나 분명한 것은 세속적인 행복에는 결코 공짜가 없습니다. 공짜가 있다면 착각이거나 가짜일 수밖에 없습니다.

생각과 마음을 슬쩍 바꾸면, 행복은 대가를 지불할 필요가 없는 공짜입니다.

겪어보면 안다

몇 해 전, 텔레비전 방송에서 제가 쓴 글 「겪어보면 안다」를 낭송한 적이 있습니다. 50초 남짓한 짧은 영상인데, 유튜브를 비롯한 각종 소셜미디어에 빠른 속도로 퍼지며 지금도 큰 인기를 얻고 있습니다.

열 줄밖에 안 되는 짧은 글이지만, 사람들에게는 그럴듯하게 여겨졌나 봅니다. 세상이 변하고 세대가 달라도 사는 일에 대한 고민은 크게 다르지 않은 것 같습니다.

그 내용을 한 줄 한 줄 되새기며 제 인생살이에서 느꼈던 것들을 다시 한 번 돌아보려 합니다.

굶어보면 안다, 밥이 하늘인 걸

국민학교 4학년 때 저희 집안은 금융 사고로 풍비박산이 되었습니다. 빚쟁이들 등쌀에 아버지는 집을 비웠고, 어머니는 오전 4시 통행금지 해제 사이렌이 울리기 전에 나갔다가 밤 12시 통행금지가 시작되면 집에 왔습니다.

홀로 남은 저는 굶주림에 지쳐 생쌀을 씹어 먹거나, 밖에 나가 삘기나 생미나리 따위를 뜯어 먹었습니다. 당시 20대 초반이던 옆집 누나가 담 너머로 밥 한 사발을 몰래 넘겨주면 그 밥이 하느님 같았습니다. 커서 그 은혜를 갚기 위해 TV 프로그램 등을 통해 누나를 찾아보았지만, 군의관인 형부를 따라 일찍 미국으로 이민 갔다는 소식만 전해 들었습니다.

지금은 나아진 세상살이에 대부분 끼니를 거르지 않고 살아갑니다. 그럼에도 여전히 굶는 사람이 여기저기에 있습니다. 제가 국회의원 시절에 '국민기초생활보장법'을 악착같이 만든 까닭도 배곯던 시절을 떠올렸기 때문인지 모릅니다.

모든 생명은 영양분을 섭취해야 살 수 있습니다. 먹지 못하면 죽습니다. 밥이 하늘입니다.

목마름에 지쳐보면 안다, 물이 생명인 걸

1982년 소설 집필을 위해 취재차 인도에 갔습니다. 그 당시 우리나라에서는 수돗물과 샘물을 그냥 마셨습니다. 그런데 인도에서 수돗물이나 강물을 마셨다가는 바로 병원으로 실려갈 수도 있다고 해서 할 수 없이 물을 사 먹었습니다.

유럽에 갔을 때도 석회질 때문에 물을 사서 마셔야 했으니 우리나라가 경제적으론 낙후되어 있지만 아직은 사람이 살 만한 땅이라고 생각했습니다.

사하라 사막에서도 물의 소중함을 절절히 깨달을 수 있었습니다. 지프를 타고 사막을 횡단했는데, 한번은 깜빡하고 차에 마실 물을 싣지 못했습니다. 불구덩이 같은 사막 한가운데서 머리에 물수건을 얹고 그 위에 챙 넓은 모자를 써도 금세 수건이 말랐습니다.

지독한 목마름으로 말을 할 수가 없었고, 삭신이 녹아 흐물거리는 듯했습니다. 정신이 몽롱해질 무렵에야 목적지에 도착해 마신 물맛은 황홀경이라고밖에 설명할 길이 없습니다.

누구라도 지금 당장 물 없이 하루만 살아본다면 물이 곧 생명이라는 걸 알게 됩니다.

코 막히면 안다, 숨 쉬는 것만도 행복인 걸

봄날에 산에 오르면 콧물이 흐르고 재채기가 심하게 납니다. 꽃가루 알레르기 때문입니다. 그럴 때 손수건이나 휴지로 해결할 수 있으니 다행입니다.

안나푸르나를 등반할 때는 폭설로 험난한 빙판길을 걷느라 몸살을 앓았습니다. 줄줄 쏟아지는 콧물을 손수건으로는 감당 못할 지경이어서, 배낭 고리에 수건을 달아야 했습니다.

견디기 고통스러운 문제는 잘 때 생겼습니다. 콧물이 심하게 흘러 왼쪽과 오른쪽으로 번갈아 누워가며 겨우 숨을 몰아쉬어야 했습니다. 강행군으로 피곤했지만, 수면제를 먹어도 막힌 코 때문에 잠들 수가 없더군요.

평소에 저는 코로 숨 쉬는 걸 당연하다고 생각했습니다. 하지만 코가 막히니까 숨 쉴 수 있다는 게 엄청난 행복이란 걸 알았습니다. 어디 코뿐이겠습니까. 온몸을 내 인생의 보물이라고 생각해야 합니다.

일이 없어 놀아보면 안다, 일터가 낙원인 걸

제가 20대였던 1970년대엔 취업하기가 참 어려웠습니다. 가세가 기울어 셋방살이하는 부모님께 얹혀사는 게 죄송스러워 이곳 저곳 일자리를 알아봤습니다. 학훈단 출신 장교로 제대했음에도, 전공이 국문학이다 보니 입사원서 낼 곳이 마땅치 않았습니다.

은사인 대학 총장님께서 마침 취업을 알선해 주셨는데 한센병 환자를 돕는 기관이었습니다. 당시만 해도 무서운 전염병이란 소문이 파다하여 염려되었지만 제 형편에 마다할 수 없었습니다.

일할 수 있다는 사실만으로 기뻐하며 2년간 한센병 환자들을 돌보았습니다. 연세대학교 의과대학 유준 교수님께서 한센병 환자들이 복용하는 DDS를 처방해 주어 그 독한 약을 6개월 동안 먹었습니다. 그 경험 덕분에 한센병 환자가 주인공인, 제 첫 번째 장편소설 『해방영장』을 집필할 수 있었습니다.

더 치열해진 취업전선을 뚫기 위해 젊음을 불사르는 요즘 청년들을 보면 그 시절이 떠오릅니다. 1997년 외환위기와 2020~2022년 코로나19 팬데믹으로 많은 사람이 일자리를 잃던 때를 생각하면 마음이 아픕니다. 사람에겐 일터가 낙원입니다.

아파보면 안다, 건강이 가장 큰 재산인 걸

정치를 접고 한동안 거의 두문불출한 채 소설을 썼습니다. 우리의 잃어버린 역사, 발해에 대한 글을 쓰며 여러 가지 병고를 겪었습니다. 3년간 햇빛을 거의 안 보고, 물을 적게 마시고, 하루 열두 시간 가까이 책상 앞에 앉았다가 그만 요로결석으로 큰 고생을 했습니다.

결석 제거 시술을 하고 나서 바로 생활 습관을 고쳐야 했지만, 시간이 조금 지나자 잊어버리고 말았습니다. 얼마 후 왼쪽 옆구리 뒤편에서 그 무시무시한 통증이 또다시 시작되었습니다. 요로결석인 걸 대번에 알아차리고 병원을 예약했습니다.

하루 동안 통증완화제를 복용하고 척추 마취를 하고 시술을 받았습니다. 몸속에 있던 돌이 빠져나왔을 때의 안도감은 이루 말할 수 없습니다.

그때 의사 선생님이 한 말씀이 아직도 귀에 쟁쟁합니다.

"아플 때는 건강이 큰 재산인 걸 알면서도 낫자마자 바로 잊어버리는 게 사람입니다. 사람은 움직이는 존재입니다. 잘 먹고 잘 배설해야 합니다."

잃은 뒤에 안다, 그것이 참 소중한 걸

저는 아직도 만년필로 원고를 씁니다. 어느 날 만년필을 가지고 외출했다가 그만 잃어버렸습니다.

새 만년필에 익숙해지려면 매일 이것저것 쓰며 몇 달을 지내야 합니다. 그러는 동안 손가락에 쥐가 나고 손목도 굳습니다. 글씨체가 달라지기도 합니다.

만년필을 단지 글 쓰는 도구로 여겼는데, 잃고 나니 그 존재가 무척 크게 다가왔습니다. 한동안 제 불찰을 탓했고, 무척 안타까웠습니다.

쓰던 원고를 다른 종이 뭉치와 함께 쓰레기통에 버리는 바람에 글을 새로 쓴 적도 있습니다. 다시 쓰긴 했지만 먼저 쓴 글과 달라 마음에 들지 않아 속상했습니다.

사랑, 품성, 배려, 포용 등을 잊는 무형의 '영혼 분실'을 비롯하여 지금까지 잃은 게 어디 한두 가지겠습니까. 가진 것을, 옆에 있는 사람의 존재를 당연시하다가 잃었을 때에야 비로소 그것이, 또 그가 참 소중한 존재임을 압니다. '있을 때 잘하라'는 말이 있지요. 지금 자신이 가진 것의 소중함을 느껴보세요. 결국 그것이 나 자신을 소중하게 만듭니다.

이별하면 안다, 그이가 천사인 걸

저는 쉰 줄에 '고아'가 되었습니다. 어머니께서 먼저 이승을 하직하고, 2년 뒤에 아버지께서 떠나셨습니다.

그리고 일곱 살이나 어린 아내와 오누이같이 의지하며 살았는데 아내는 어린 시절부터 허약했고, 결혼할 무렵에도 건강이 나빴습니다. 아픈 몸으로 아들과 딸을 낳은 건 기적 같다고 했습니다. 그러나 아내마저 마흔아홉 살에 세상을 떠났습니다.

아내가 살아 있을 때는 건강이 좋지 않아 가족여행도 제대로 하지 못했고, 제가 우여곡절이 많은 사람이어서 어지간히 아내를 애태웠습니다.

아내가 떠날 때, 딸아이는 엄마를 끌어안고 "엄마, 이다음에는 아프지 마"라고 했습니다.

한 달이 지난 어느 날, 저는 아내의 휴대폰에 전화를 걸었습니다. "지금 거신 번호는 없는 번호입니다"라는 목소리만 들었을 뿐입니다.

사랑은 햇살처럼 왔다가 달빛처럼 스러져간다고 했던가요. 제 곁에 있어주던 부모님과 아내가 떠나고서야 그들이 저를 존재하게 해준 하늘의 천사였음을 알게 되었습니다.

지나보면 안다, 고통이 추억인 걸

군사정권 시절, 콩트집 『도둑놈과 도둑님』을 발표한 저는 계엄 당국의 보안대에 끌려가 소설 속 '도둑님'이 누군지 대라는 취조를 받았습니다. 국가원수 모독, 국가 체제 부정, 군 모독이라는 어마어마한 죄목으로 조사를 받았습니다.

풀려난 저는 오기를 품고 『인간시장』을 쓰기 시작했습니다. '총을 차고 한판 붙어보자'는 의미에서 주인공 이름을 '장총찬'으로 짓고, 사회 부조리와 비리를 고발하는 소설을 썼습니다.

그 바람에 『인간시장』은 대한민국 역사상 최초의 밀리언셀러로 역사에 기록되었습니다. 그런저런 우여곡절과 고난이 없었다면 『인간시장』은 태어나지 않았을지 모릅니다.

고난과 시련을 관통한 자만이 역사에 이름을 남긴다는 사실을 절감했습니다. 고통은 훗날 추억이 되는 경우가 많습니다.

불행해지면 안다, 아주 작은 게 행복인 걸

　불행의 반대말은 행복입니다. 행복이란 엄청나고 화려한 게 아니라 평범하고 소박한 일상에서 누리는 것입니다. 어쩌면 불행하다고 느끼지 않는 것만도 행복인지 모릅니다.

　교통사고가 나서 차도 사람도 다치고 병원에 갈 때는, 버스 타거나 멀쩡하게 걸어 다니는 사람이 부럽습니다. 크고 작은 사업을 하다가 실패한 사람들은 수입이 적다고 투덜대는 월급쟁이가 몹시 부럽습니다.

　건강한 사람에게는 당연한 것들이, 환자에게는 꿈같은 일이 되기도 합니다. 친구들과의 만남, 가족들과의 평범한 일상이 남의 얘기로만 여겨집니다. 매일 고통 속에서 살아가는 환자들에겐 오늘 하루가 전부입니다.

　우리나라 10대 재벌 그룹의 어느 회장님과 그분이 돌아가실 때까지 친밀하게 '형님', '아우' 하며 지냈습니다. 외환위기 때 회장님의 그룹은 경영난을 견디지 못하고 해체되었으며 갖가지 고난을 겪었습니다. 괴로움을 달래려고 그랬는지 회장님은 저를 자주 불러 억울한 사연들을 쏟아놓곤 했습니다. 지금도 제 책장에 그분이 돌아가시기 전에 억울한 사연을 낱낱이 기록한 두툼한 자료집 두 권이 꽂혀 있습니다.

아직도 또렷하게 기억하는 건 "자유롭게 나다니는 평범한 사람들이 한없이 부럽다"고 했던 그분의 말씀입니다. 천하에 누릴 건 다 누렸다는 소릴 들었지만, 고난과 시련을 겪으며 '평범한 것이 진짜 행복'이란 걸 깨달았다고 했습니다. 평소 건강한 분이었으니 그런 변고를 겪지 않고 평범하게 살았더라면 지금까지 건강하게 살아 계셨으리라 생각합니다.

그런 모습을 보며 저 또한 일상에서 행복을 찾으려고 애쓰게 되었습니다. 나로 인해 누군가 행복해할 때, 나 자신도 행복해지며 존재가치가 높아집니다. 사랑하는 이들이 변함없이 그 자리에 잘 있다는 것이 얼마나 감사한 일인지 모릅니다.

함께 있는 시간의 소중함을 모르고, 자신이 행복하다는 사실을 알지 못하면 자신이 소중한 사람인 것도 모릅니다. 하루하루가 평범한 일상의 반복일지라도 아무 탈 없이 하루를 보내고 가족과 마주할 수 있는 것이 바로 행복입니다.

죽음이 닥치면 안다, 내가 세상의 주인인 걸

1980년대 중반, 리비아의 국가원수 카다피를 만나게 되었습니다. 면담 뒤에 벵가지 근교의 바닷가 경치에 반해 산책을 하게 되었습니다.

홀로 큰 바위 사이를 거닐었는데, 어느 순간 제 가슴에 자동소총 총구가 맞닿았습니다. 그때 총을 겨눈 리비아의 국경수비대원은 알아들을 수 없는 말을 하며 시건장치를 풀었습니다.

숨이 멎는 듯한 기분이었습니다. 말이 통하지 않으니 묻고 답할 수도 없는 절체절명의 순간이었지요. 자동소총의 성능을 잘 알기에 그 순간 목숨을 구할 방법이 없다는 사실과 함께 오만가지 생각이 한꺼번에 떠올랐습니다.

바로 그때 하늘이 도왔는지 한 남자가 "세리카, 동가(친구, 동아)!"라고 소리치며 달려왔습니다. 저를 안내하던 동아그룹의 홍보요원이었습니다.

당시에 동아그룹은 리비아의 대수로 공사를 맡아 사막 한가운데서 물줄기를 찾아 사막을 적셔주던 때였습니다. 그래서 리비아 사람들이 '세리카, 동가'라는 말로 동아그룹과 한국에 대한 신뢰를 표현하곤 했습니다.

풀려나는 순간, '내가 없으면 세상 모든 것도 없다'는 경고음이 가슴을 건드렸습니다. 내가 없으면 지구와 햇빛도, 물과 밥도, 부모 형제와 사랑하는 이도 모두 소용없습니다.

죽을 고비를 넘겨본 사람은 알게 됩니다. 내 존재 가치가 어마어마하다는 것을.

2장

살아 있음이
가장 큰 축복이라는 것을

죽음과의 사투에서 깨달은 것들

몇 해 전 코로나19에 걸려 응급실로 실려갔습니다. 제 상태가 워낙 위중해 음압실에서 7일 동안 강도 높은 치료를 받았습니다.

코로나19가 대유행하던 시기라 방역 당국에서는 20여 일이 넘는 기간 동안의 제 행동반경을 정밀하게 추적했습니다. 그즈음 1박 2일 동안 함께 여행하며 합숙했던 십여 명이 저 때문에 검사를 받았고, 결혼식장에서 같은 테이블에 앉았던 사람들도 검사를 받았습니다. 그런데 기이하게도 저만 위중증 환자가 되었습니다.

음압실은 독방인 데다 철저히 밀폐된 곳이었고, 사람이라곤 간호사나 의사를 하루에 다섯 번밖에 볼 수 없었습니다. 그것도 길어야 7~8분 정도였습니다. 세 끼 식사 때 갖가지 검사와 처치를 병행했고, 사용한 그릇이나 의료 용구도 밀봉하여 음압실 내부 쓰레기통에 넣어야 했습니다.

대화는 전화로만 가능했는데, 입을 열기도 전에 기침이 터져 나오는 바람에 통화도 어려웠습니다. 왼팔에는 세 가닥의 링거줄을 하나로 모은 주삿바늘이 꽂혀 있고 코에는 산소호흡기, 손가락에는 산소포화도 검사기구가 매달려 있으니 화장실 가는 것도 고역이었습니다.

자유를 빼앗기고 독방 신세가 되니 창문 밖 멀리에서 움직이는 사람들 모습을 볼 때마다, 다시 세상으로 나갈 수 있을까, 알 수 없는 두려움이 저를 옭아맸습니다.

아무도 만날 수 없는 고독과 죽음에 대한 공포로 태평양 한가운데에 고립된 듯했습니다. 아무것도 보이지 않는 망망대해에서 휘몰아치는 파도에 휩쓸린 채 살기 위해 혼자 몸부림치는 것 같은 절망은, 경험해 보지 않은 사람은 상상조차 못 할 것입니다.

대한민국 국민 5천만 명이 호화로운 유람선을 타고 아름다운 곳으로 떠났는데, 저 혼자 미끄러져 바다에 빠진 것 같았습니다. 유람선에선 신바람 나는 파티가 열리고 아무도 제가 굴러떨어진 걸 모른 채 즐거워하는 것 같았습니다. 살려달라고, 나 여기 있다고, 제발 유람선을 멈추고 나를 구해달라고…… 그렇게 악을 쓰다가 팔다리조차 움직일 힘이 빠진 저 자신의 모습이 자꾸만 떠올랐습니다.

지나간 일이니까 이 정도로 표현할 수 있지, 당시에는 너무 괴로워 차마 말과 글로 다 할 수 없었습니다. 음압실이 저를 살리려는 치료실이 아니라 지옥으로 끌고 가는 저승사자의 소굴 같았습니다. 사흘째 되는 날엔 특수 강화유리로 만든 창문을 깨뜨릴 수만 있으면 뛰어내리고 싶은 마음까지 생겼습니다.

간호사와 의사는 온갖 치료를 해주었지만, 사실 그녀는 간호사가 아니었고 그이도 의사가 아니었습니다. 제가 살아생전에 처음으로 기적처럼 만난 천사들이었습니다.

천사는 특수장비로 온몸과 얼굴을 감싸서 제가 볼 수 있는 것은 오직 눈뿐이었습니다. 그 눈도 특수안경 너머로 겨우 보았습니다.

빼앗긴 자유, 갇힌 마음, 죽음의 공포, 처절한 고독감에 괴로워하던 중에 짧은 시간이나마 유일한 말동무가 되어준 이는 간호사뿐이었습니다. 지금도 그의 얼굴을 모릅니다. 본 것이라곤 특수안경 너머의 눈동자뿐이었으니까요.

음압실에서 치료 받고 일주일 만에 퇴원 수속을 밟았습니다. 하지만 그사이 체중이 너무 많이 줄고 기력을 상실해 할 수 없이 일반 병실로 옮겨 일주일 동안 치료를 더 받았습니다.

이제는 제 부끄러움을 고백하겠습니다. 일반 병실로 옮긴 다음 날, 드디어 살았다는 안도감이 생기자 이전의 마음은 사라지고 제 눈엔 그들이 다시 보통의 간호사와 의사였습니다. 세상에 이런 변덕이 있다니⋯⋯.

인간이 본래 변덕스러운 동물인지 모르겠습니다만, 죽음 앞에선 천사로 여겨졌던 의료진이, 살아나자 사람으로 보이다니요. 제 변덕은 가히 선수급이 아니고 뭐겠습니까.

●

죽을 고비를 겪으며 참으로 많은 걸 깨달았습니다. 저는 평소에 제자들을 가르칠 때나 강연, 방송 등에서 인생을 '맛있게' 살기 위해 육신의 건강은 물론 정신 건강을 챙겨야 한다고 말했습니다.

명상, 기도, 참선, 면벽 수행, 유서 써보기 등을 통해서 '내가 누구인지' 알고 '남은 인생을 어떻게 살아야 할지' 알아차리라고 했습니다. 저도 그런 체험을 했기 때문에 구체적인 예증까지 들어가며 설득하곤 했습니다.

그랬던 제가 병상에서 저 자신을 속였다는 걸 깨달았습니다. 위독한 상태에서 느낀 극한의 공포, 갖가지 후회와 부끄러움, 반성과 자괴감, 분노와 열등감 따위에 휘둘린 저를 발견했습니다.

몸이 멀쩡할 때는 유서도 그럴듯하게 쓸 수 있었지만, 위독할 때는 볼펜 잡기도 힘들고 머릿속엔 온갖 잡념뿐이어서 몇 자 쓰기도 어려웠습니다. 아무것도 떠오르지 않았고 아득하기만 했습니다.

면벽 수행이나 참선, 명상 같은 마음공부도 건강할 때 할 수 있는 것이지 위독한 상황에서는 할 수 없는 행위였습니다.

죽음을 직접 체험하는 것과, 살아서 상상하는 것은 엄청나게 큰 차이가 있다는 사실도 알게 되었습니다. 죽음이 닥치면 행복하고 재미있고 즐거웠던 추억은 머릿속에서 사라지고, 아프고 슬프고 고달팠던 기억들이 자주 떠오르더군요. 거짓된 언행과 남의 마음을 아프게 했던 일이 후회스러웠습니다.

가족을 더 많이 사랑하고 보살피지 못한 어리석음이 떠올랐고, 제가 죽은 뒤에 남들이 할 말들이 두려워졌습니다. 말만 하고 이루지 못한 것투성이로 살아온 게으름과, 욕심만 앞섰던 무능함이 떠올라 스스로를 미워하게 되었습니다.

그럴수록 공포심을 빨리 벗어던지고 싶었습니다. 기력을 빨리 회복해서 산에도 가고 여행도 다니고 지인들과 어울려 술도 한잔 마시고 싶었습니다. 좋은 추억을 떠올려 고통과 공포를 잊어보려고 애썼지만 쉽지 않았습니다. 다투었던 일, 사랑하지 못하고 미워한 것, 최선을 다하지 않고 잘못 살았던 순간들이 떠올라 마음

아프고 후회스럽기만 했습니다.

남들은 저에게 잘 살았다고 하지만, 위독한 상황에서 저 자신에게 할 수 있는 말은 "메아 쿨파, 메아 쿨파, 메아 막시마 쿨파(Mea culpa, mea culpa, mea maxima culpa : 내 탓이오, 내 탓이오, 내 큰 탓이로소이다)"뿐이었습니다. 어린 시절 성당에서 복사를 하며 새겼던 라틴어 문장이고, 살면서 어려운 일이 생기거나 가슴 아픈 일이 생길 때 자주 되뇌던 말이었습니다.

퇴원해 집에서 몸조리를 했지만, 한겨울이라 운동하기도 어려운 데다 코로나19 후유증은 쉽게 사라지지 않았습니다. 갑상샘항진증이 도지고 잦은 설사와 기력 상실, 부정맥과 불면증, 근육 소실과 심한 어지럼증 따위에 시달려야 했습니다.

제가 병상에 있을 때와 집에서 몸조리하는 사이에도 코로나19로 세상을 떠난 지인이 여러 명이나 되었기에 저도 그렇게 될지 모른다는 공포심에서 벗어나기 어려웠습니다.

●

2021년 12월부터 2022년 1월까지 약 한 달 동안의 경험이지만 삶에 대한 깊은 반성과 감사함을 느끼게 해준 귀한 시간이었습니다. 실제로 죽음의 공포를 체험해 보니 살아 있음이 정말 기적이라는 걸 알게 되었습니다.

죽을 고비를 넘길 때 저를 도와주었던 의사 선생님과 간호사님들과 병원 직원들과 119구급대원들을 위해 아직까지 하루도 빼놓지 않고 기도를 합니다. 또한 제가 살아 있는 이유가 되어준, 저와 시절인연이 된 모든 분을 위해 기도합니다.

'제 인연이 되어주신 분들께 괴로움이 없기를. 자유롭고 건강하며 앞날에 좋은 일만 생기게 해주소서.'

여여한 마음으로

       제가 강연 중에 청중에게 "행복이 어디 있습니까?"라고 물으면 대부분 "내 마음속에 있습니다"라고 대답합니다. 그러나 묻지 않으면, 실제 속으로 행복은 마음 밖에 있거나 남이 가지고 있다고 생각하기 마련입니다. 우리는 어려서부터 비교하는 법을 배웠고, 지금도 남과 비교하느라 행복도가 낮습니다.

  인물, 학력, 집안, 경제 사정, 직위 따위는 물론이고 아파트, 자동차, 소지품까지 남과 비교하여 자신도 모르게 주눅이 들거나 열등감을 느끼곤 합니다. 우주 역사상 오직 하나뿐인 존귀한 자신을 그것들의 노예로 전락시킨 셈입니다.

  강연 중에 "이 세상의 주인은 누구입니까?"라고 물으면, 대부분 "내가 주인입니다" 하고 대답합니다. 그러나 묻지 않으면, 세상의 주인이 돈, 명예, 권력은 물론 아파트, 자동차, 학력, 인물, 집안 따위라고 생각할 겁니다.

"딱 한 번밖에 못 사는 인생이고 주인으로 살아도 짧은 인생인데, 어찌 노예처럼 살다 가려고 합니까?"라고 물으면 많은 사람들이 고개를 끄덕입니다. 아무리 발버둥쳐도 앞선 이를 따라갈 수 없다거나 여기까지가 자기 능력의 한계라고 말하는 사람이 의외로 많습니다. 저는 그것이 바로 비교법이자 주눅 든 '노예 의식'이라고 생각합니다.

생각의 동물이라는 사람이 부대끼며 세상을 살아가는 동안 어찌 비교하지 않고 살 수 있겠습니까. 이렇게 말하는 저도 은연중 비교하며 살아갑니다만, 어떤 경우에도 열등감의 수렁에는 빠지지 않으려고 노력합니다. 우리가 부러워하는 사람들이 정말 내가 생각한 만큼 행복할까요? 가진 만큼 머릿속이 복잡하고, 누린 만큼 걱정이 득시글하지 않을까요?

예부터 남이 부러워할 것과 빼앗길 게 많은 사람일수록 근심과 걱정이 많다고 했습니다. 한 계단 위에서 넘어지면 조금 아프지만, 다섯 계단 위에서 떨어지면 많이 아프고, 열 계단 위에서 떨어지면 심하게 다치거나 생명이 위독할 수 있습니다.

많이 가졌다고 해서 좋은 게 아닙니다. 우리가 '노블레스 오블

리주'의 상징으로 여기는 경주 최부자 댁은 많이 가진 만큼 나눔과 배려, 베풂을 통해 근심과 걱정을 내려놓았습니다.

●

그럼 어떤 사람이 행복한 사람일까요? 행복해지고 싶다면 꿈을 좇되 욕심부리지 않고 가진 것을 소중히 여기면 됩니다. 살다 보면 알게 됩니다. 원하는 것이나 갖고 싶은 것은 자꾸 저만치 도망가고, 싫은 것이나 피하고 싶은 것은 자꾸 나를 따라오곤 합니다.

원하는 걸 다 가질 수 없고, 싫은 걸 다 버릴 수 없는 게 인생입니다. 내가 꼭 갖고 싶은 것은 다른 사람도 갖고 싶어 하기에 경쟁이 치열합니다. 싫은 것은 다른 사람도 버리고 싶어 하기에 여차하면 내게 오기 십상입니다.

그럴 땐 괴로움도 즐거움도 흔쾌히 받아들이고 통과시키면 인생은 그럭저럭 살맛 납니다. '생사고락'이라는 말이 있지요. 생(生)과 사(死), 고락에서 고(苦)는 괴로움이고 락(樂)은 즐거움입니다. 즉 삶과 죽음, 괴로움과 즐거움은 한데 있다는 뜻입니다. 세상살이가 어찌 늘 괴롭고 늘 즐겁기만 하겠습니까.

예부터 사람으로 살려면 만행(萬行)을 하기 마련이라고 했습니다. 만행이란 만 가지 행동을 뜻합니다. 살아가는 동안 우리는 좋은 일도 맞이하고 나쁜 일도 맞닥뜨리며, 배부르기도 하고 굶주리기도 합니다.

웃거나 울 수밖에 없는 일도 생기고, 칭찬을 받거나 된욕을 먹기도 하며, 힘이 생기기도 하고 힘이 빠져 허우적거리기도 합니다. 행복에 겨웠다가 불행에 시달리기도 하고, 마음이 넉넉했다가 옹졸해지기도 하며, 살맛이 났다가 죽고 싶을 때도 있는 게 인생입니다. 인생사에 부침이 있는 건 나쁜 게 아닙니다. 사람다운 겁니다.

그러나 욕심이 지나치면 반드시 화가 따릅니다. 지나친 욕심을 좇다 화를 당한 사람을 우리 주변에서 흔히 볼 수 있습니다. 예를 들어 돈으로 사람을 사귀고 세상살이를 한 사람은 돈이 떨어지면 동시에 사람들도 사라지게 됩니다. 그러니까 돈을 더 모으려고 안달하지요. 죽음이 닥치면 그제야 돈보다 귀한 게 있다는 걸 알게 됩니다.

권력으로 사람을 사귀며 세상살이를 한 사람은 권력을 잃지 않으려고 별의별 짓을 다 합니다. 죽음이 닥치면 그제야 권력보다 귀한 게 있다는 걸 알게 되지요.

명예로 사람을 사귀고 세상살이를 한 사람은 명예를 빼앗기지 않으려고 질투든 시샘이든 모함이든 가리지 않습니다. 죽음이 닥치면 그제야 명예보다 귀한 게 있다는 걸 알게 됩니다.

그러나 인품은 빼앗기지 않는 것이기에 인품으로 사람을 사귀고 세상살이를 한 사람은 늘 여여(如如)할 수 있습니다. 여여하다는 것은 분별된 마음 없이 있는 그대로의 마음 상태를 말합니다. 배려하고 베풀고 덕을 쌓았기에, 사랑하고 용서하는 품격을 갖추고 인간 명품으로 살았기에, 사람들이 그의 곁에 오래 머뭅니다.

●

소설이나 영화, 드라마를 보면 남의 인생은 비극이 흥미롭게 느껴집니다. 그러나 내 인생만은 희극이기를 바라곤 합니다. 그렇게 만드는 방법이 아주 없는 건 아닙니다. 내 인생을 희극으로 만들려면 세상의 시선에 휘둘리지 않고 괴로움에도 슬기롭게 맞서는 '용기 있는 바보'로 살면 됩니다.

제가 왜 하필 '용맹한 바보'를 말할까요? 괴로움을 가슴에 간직하고 깊이 파고들수록 내 몸과 마음은 더 아프고 상처 받기 마련입니다. 스스로를 원망하든 남들이 뭐라고 하든, 다른 시각으로 해결 방법을 찾아야 합니다.

'바보'가 되려면 꽤 용감해야 합니다. 남들이 엉뚱하다고 비웃고 바보 같다고 비난하며 이해해 주지 않아도, 한 걸음, 한 걸음 나만의 길을 스스로 만들어가야 합니다.

인생의 명답을 찾으세요

동짓날 저녁에 귤 한 상자가 저희 집으로 배달되었습니다. 귤을 보내준 문화유산국민신탁의 김종규 이사장님께 고맙다는 전화를 드렸더니, 웃으며 이렇게 말씀하셨습니다.

"옛날 제주 목사가 동짓날에 임금님께 제주 감귤을 진상했다오. 오늘은 내가 제주 목사요, 아우를 임금님으로 여겨 진상했으니 맛있게 드시오."

그 말씀에 마치 귤 백만 상자쯤 선물 받은 느낌이 들었습니다. 그러고는 '진상'에 대해 두루 생각해 봤습니다.

진귀한 물품이나 지방의 토산물 따위를 임금님께 바치는 걸 '진상(進上)'이라고 합니다. 궁궐의 임금님은 전국 곳곳에서 진상

한 재료로 지은 귀하고 맛있고 정갈한 음식을 드셨습니다. 수라 상은 밥과 국 외에 열두 가지 찬품이 올려지는 12첩 반상이 원칙 이었다고 합니다. 임금님이 수라를 드시기 전에 반드시 기미상궁 이 먼저 검식을 했습니다.

임금님의 음식을 먼저 먹어보아야 하는 기미상궁의 소망은 무 엇이었을까요? 짐작하시겠지만 '내가 먹고 싶은 대로 먹는' 게 소 망이었을 것입니다. 일상생활에서 '먹는 재미'가 얼마나 좋은 것 인지 굳이 말하지 않아도 알 수 있으니까요.

임금님의 식성을 따라야 하고, 맛으로 먹는 게 아니라 음식물 에 독극물 같은 게 있는지를 알아내기 위해 의무로 먹는 것이니, 아무리 12첩 반상을 받는다 해도 이미 자유가 박탈된 것입니다.

음식 섭취는 육신의 건강을 위해 필요하지만, 자유롭게 자기 입맛이나 기호에 따르지 못하고 '음식물에 이상이 있는지를 알아 내야 하는 의무로 먹는' 행위는 '자유의 상실'입니다.

●

생각해 보면 우리의 삶도 이렇지 않나 싶습니다. 어렵고 부담 스러운 숙제를 해치우듯 하루하루를 살아갑니다. 자유롭게 즐길 때 행복이 찾아드는데 말입니다.

우리 민족은 본디 흥겨운 민족이었지만, 근현대에 갖가지 우여곡절을 겪느라 일상을 즐기지 못하고 무엇엔가 얽매여 살았습니다.

잘 놀지 못했지요. 노는 법을 배운 적도 없고, 가르쳐주지도 않았습니다. 공부하느라, 입시를 준비하느라, 취직하고 돈 버느라, 집 장만하느라, 자녀 키우느라 경황없이 살았습니다. 그래서 평균수명은 길어졌지만 행복하지 않고, 죽기 전 10여 년간 병자로 살게 되었는지 모릅니다.

저 역시 철없고 혈기방자하던 시절에 숱한 어려움을 겪었습니다. 그것도 한두 번이 아니었습니다. 우여곡절 많은 대한민국에서 살아남느라 누군들 안 그랬으랴만, 저도 참으로 많은 시련과 고난을 겪으며 여러 번 어리석은 생각을 했었습니다. 사는 것보다 죽는 게더 힘들다는 변명과 핑계로 다행히 그 고비를 건넜습니다.

옛 일기장을 모두 불태운 적도 있습니다. 바보처럼 그만 살 작정을 하고 말입니다. 도저히 읽을 수가 없었으니까요. 일기장만 태운 게 아니라 사진과 편지, 습작 노트까지 불살랐습니다. 태우지 않았으면 제 인생에서 아주 귀한 추억의 보물창고가 되었을텐데 말입니다. 지금 생각하니 참으로 어리석은 치기였습니다.

언젠가 색바랜 공책 한편에 쓴 글 중에 이런 게 있습니다.

하늘의 꽃은 태양
태양의 꽃은 지구

지구의 꽃은 사람

사람의 꽃은 사랑

사랑의 꽃은 용서

용서의 꽃은 기쁨

기쁨의 꽃은 인생

인생의 꽃은 즐김

사람은 딱 한 번밖에 못 삽니다. 그러므로 살아 있는 동안 즐겨야 합니다. 물론 울고불고 짜증 내고 투덜거릴 일이 수도 없이 많지만 스스로 즐거운 일을 만들어가며 살아야 합니다.

요즘 사람들은 인생에 정답이 있다고 생각하는 경우가 흔합니다. 하지만 인생에는 정답이 없습니다. 자신만의 명답을 찾아야 합니다. 인생의 명답은 딱 한마디로 요약할 수 있습니다.

이번 생이 마지막이기에 '잘 놀다 가지 않으면 불법입니다.'

자유를 향한 희망과 열정

    살아가면서 맞닥뜨리는 괴로움을 잘 극복할 수 있으면 얼마나 좋겠습니까만, 그러지 못하는 게 사람인지 모릅니다. 그럼에도 괴로움을 잘 벗어던지기 위한 근사한 방법은 '자유로운 사람'이 되는 거라고 생각합니다.

    국어사전에서 '자유'의 뜻을 찾아보면, '외부적인 구속이나 무엇에 얽매이지 아니하고 자기 마음대로 할 수 있는 상태', '법률의 범위 안에서 남에게 구속되지 아니하고 자기 마음대로 하는 행위', '자연 및 사회의 객관적 필요성을 인식하고 이것을 활용하는 일'이라고 규정합니다.

    이는 행복의 전제 조건 중 가장 중요한 덕목이라고 할 수 있습

니다. 행복하려면 신체와 정신, 행위가 모두 자유로워야 하기 때문입니다.

제가 강의나 책에서 종종 소개하는 이야기가 있습니다. 미국 오클라호마 주립대학 연구 팀이 열다섯 살 된 침팬지에게 4년 동안 140여 개의 영어 단어를 가르쳤다고 합니다.

"사 년 뒤에 침팬지가 연구진 앞에서 표현한 첫마디가 무엇이었을까요?"라고 사람들에게 물으면 "엄마", "밥 줘", "고마워" 등일 거라고 대답하곤 합니다.

하지만 침팬지가 한 말은 바로 "렛 미 아웃(Let me out)", 즉 "날 놓아줘"라는 말이었습니다. 자신의 고향인 자연으로 돌려보내

달라는 것이었죠. 갇혀 있기 싫다는, 자유를 달라는 외침이었습니다.

동물원에 사는 동물들은 대부분 그 동물의 평균수명만큼 살지 못한다고 합니다. 잘 먹이고 보살펴주지만 우리에 갇혀 살기 때문입니다. 갇힘은 곧 자유가 박탈된 상태입니다.

동물원에 갇혀 있던 동물에게 추적 장치를 달고 숲에 풀어주었더니 가지고 있던 병이 치유되고 건강하게 살더라는 외국의 연구 결과도 있습니다. 하물며 사람은 어떻겠습니까.

●

인류가 지구의 주인 노릇을 하게 된 것은 자유로워지기 위해 끊임없이 시련과 고난을 관통했기 때문입니다. 알다시피 인류는 맹수들보다 취약했기에 열등감이 생길 수밖에 없었습니다. 그러나 열등감을 극복하기 위해 정신적, 신체적, 환경적, 연합적 자생력을 키웠습니다. 한마디로 자유를 쟁취한 것이죠. 여기서 자유는 곧 진화를 뜻합니다.

찰스 다윈은 『종의 기원』에서 "살아남은 종은 강한 종, 똑똑한 종이 아니라 변화에 잘 적응한 종"이라고 말했습니다. 인류의 진화는 굴복이 아닌 변화에 대한 적응과 도전으로 이뤄졌습니다.

사랑하는 두 남녀가 총과 실탄 등 각종 장비를 갖고 밀림지대로 갔다고 생각해 봅시다. 그들이 무기를 가지고 있다고 한들 얼마나 생존할 수 있을까요?

무기는 얼마 지나지 않아 모두 써버리게 될 텐데, 맹수와 독사와 독충이 우글거리는 곳에서 두 사람이 생존할 방법이 있을까요? 사람은 새처럼 날 수도 없고, 원숭이처럼 나무를 탈 수도 없으며, 물속에서 숨 쉴 수도 없습니다. 게다가 사자나 표범처럼 강한 이빨을 갖고 있지도 않고, 빨리 달릴 수도 없는 데다 독사처럼 독을 내뿜을 수도 없지요.

만약 두 사람이 어떻게든 살아남아서 아이를 낳았다고 가정해 보세요. 인간의 아이는 다른 포유동물의 새끼와 달리 저 혼자 걷고 먹을 수 있을 때까지 부모가 보살펴야 하는데, 과연 밀림 속에서 생존 가능성이 얼마나 될까요?

두 사람은 척박한 환경과 동물들의 위협 속에서도 아이를 무사히 기르기 위해 지혜를 짜내어 도구를 만들고 환경에 적응해야 합니다. 그 과정이 바로 자유를 위해 진화한 인간의 모습입니다.

진화는 바로 자유인의 상징입니다. 자유는 거저 얻을 수 없는 '정신적 태양' 같은 것입니다.

●

유대인이자 정신과 의사인 빅터 프랭클은 그 혹독하고 지옥 같은 아우슈비츠에서 살아남아 자전적 체험 수기 『죽음의 수용소에서』를 써서 널리 알려졌습니다. 부모와 남동생은 물론 아내까지 잃었지만, 참으로 굳세게 살아남은 얘기를 인생 교훈으로 남겼습니다. 육신은 비록 구속되어 있지만 영혼은 자유로웠기에 살아남았는지 모릅니다.

그가 설파한, 자유인다운 희망과 열정을 잃지 않는 방법은 여러 가지가 있지만 그중 세 가지만 뽑아보면 이렇습니다.

첫째, 그는 스스로 증오와 미움을 다스렸다고 합니다. 증오와 미움으로는 독재자를 파괴할 수 없습니다. 지옥에서 벗어나거나 수용소를 탈출할 수도 없지요. 그러나 증오와 미움을 다스리면 영혼의 자유인이 되어 굴욕과 공포를 견딜 수 있습니다. 그건 곧 자기를 지극히 사랑하는 방법이기도 합니다. '내가 곧 주인'이니 '나는 구속된 게 아니라 수행하는 것이다'라는 생각의 자유로움을 얻은 것입니다.

둘째, 어떠한 상황에서도 의미와 가치를 찾았다고 합니다. 매일 죽어나가는 사람들을 보면서 공포에 떠는 상황은 상상만 해도 견디기 어렵습니다. 차라리 빨리 죽어버리는 게 낫다고 생각할 지경이었을 겁니다.

빅터 프랭클은 그럴 때마다 자기 삶의 의미를 떠올렸고, 꼭 살아남아서 수용소의 잔악상을 알리고 극한 공포에서의 인간 심리를 서술하겠다고 다짐했습니다. 곤경에 처한 사람들에게 희망이라는 꽃을 던져주겠다는 각오인 셈입니다. 그는 정신과 의사답게 극한 상황에서의 인간 심리를 분석했고, 그 내용을 머릿속에 차곡차곡 쌓아 훗날『죽음의 수용소에서』와 같은 명저를 남겼습니다.

셋째, 인간이 가진 자유의지에 대한 믿음을 버리지 않은 것입니다. 자유란 타의로 구속되거나 얽매이지 않고 자기 의지대로 할 수 있는 상태나 행위를 말합니다. 자유의지란 사람답게 사는 데 가장 필요한 것입니다.

자유의지 중에 가장 필요한 것은 자아실현 욕구라고 합니다. 개인의 능력과 기술, 잠재력을 최대한 실현하려는 욕구를 말합니다.

에리히 프롬은『사랑의 기술』에서 "자기를 사랑하지 않으면 타인도 사랑할 수 없다"고 했습니다.

빅터 프랭클은 자유를 향한 희망과 열정으로 결국 지옥에서 생존해 '자기보존(자아실현)의 상징'이 되었습니다.

건망증과 불면증의 시대를 건너는 기술

      한국의 기술·경제 성장 속도가 빨라진 만큼, 한국인의 평균수명도 빠르게 늘어났습니다. 그러나 2018년도 건강검진 결과에 따르면, 우리나라 전체 인구의 약 절반 정도가 질병에 걸렸거나 의심된다고 합니다.

  개인이 지출하는 의료비와 약제비도 매우 많습니다. 특히 노인의 건강보험 진료비 청구액은 상상 이상이라고 합니다. 한국인은 죽기 전에 통상 10여 년 환자로 산다고 연구자들은 말합니다.

●

  요즘엔 이런저런 건망 증세로 치매가 아닐까 걱정하는 사람이 많아졌습니다. 현대인에게는 건망증과 비슷한 증상이 잦을 수밖에 없다고 생각합니다. 머릿속에 너무 많은 정보와 함께 근심과 걱정이 가득하기 때문입니다.

스마트폰을 하루에 몇 번쯤 보는지 떠올리면 우리 머릿속이 복잡해지는 게 당연한 것 같습니다. 갖가지 정보와 걱정거리가 쌓이고 쌓이면 머리와 마음이 가벼워질 수 없습니다. 어쩌면 그래서 복잡한 머릿속을 비우고 마음을 맑게 하려고 건망증 같은 게 생기는 건지도 모릅니다. 머리든 마음이든 버려야 채울 수 있고 덜어내야 가벼워질 수 있으니까요.

사람은 '천 개의 마음'을 가졌다고 할 수 있습니다. '천 개의 생각'으로 종일 수많은 고락(苦樂)에 얽혀 살지요. 저는 온갖 생각은 물론이고 '생각하지 말아야지' 하는 생각까지 하다가 불면증에 시달린 적도 있습니다.

하루는 건강 관련 기사를 읽다가 '불면증의 시대'라는 말에 제 얘기를 들킨 것 같았습니다. 마치 제 일상을 누군가가 들여다본 듯한 느낌이었습니다. 불면증에 시달린 세월이 너무 길었거든요.

바람에 티끌이 날리듯 어지러운 세상, 이 풍진 세상을 살아가다 보면 어찌 불면증에 시달리지 않고 배기겠습니까? 건망증과 불면증에 시달리고 건강이 나빠지는 데에는 여러 가지 이유가 있겠지만 저는 한국인의 고단한 삶과 비교하는 마음, 그리고 갖가지 근심 걱정과 잘 풀리지 않는 화(火), 불공평한 세상사에 대한 노여움 때문이라고 생각합니다.

한국 땅에서 그럭저럭 편하게 살려면 대형 병원에 잘 아는 의사가 있어야 하고, 경찰과 검찰에 손 닿는 이가 있어야 하며, 국세청과 법원에도 통하는 이가 있어야 한다지요. 게다가 산지사방 발 넓은 공직자도 알아야 하며, 급할 때 돈을 융통해 줄 만한 여유 있는 지인도 있어야 한다는 속설을 어찌 부정할 수 있단 말입니까.

그래서 동문회와 향우회가 활성화되었고, 특수 대학원이나 CEO 과정이 만원이며, 갖가지 모임이 번성하는지 모릅니다. 어딘가에 발을 걸쳐야 불안하지 않고, 만약에 무슨 일이 생기더라도 의지할 데가 있으면 마음이 편하기 때문입니다.

●

저 역시 이런저런 근심을 덜고 불면증을 치료하기 위해 처음에는 의사의 처방을 받아 수면제를 복용했습니다. 세월이 조금 더 지나서는 수면유도제로 바꾸었으며, 그 뒤에는 밤마다 수면제 대용으로 와인을 마시곤 했습니다.

그런데 의사 선생님의 처방전보다 제게 더 큰 영향을 준 것은 '불면증이 생기는 것은 수많은 생각의 불을 켜놨기 때문'이라는 따끔한 가르침이었습니다. '생각의 불'이란 무엇일까요? 근심, 걱정, 분노, 고집, 비교 따위가 아닐까요?

저 역시 '생각의 불'을 꺼보려고 무던히 애써봤지만, 끄려고 할수록 더욱더 불길이 치솟고 겨우 끄고 돌아서면 또다시 불길에 내던져지곤 했습니다. 불면증에 시달리던 시기에 저는 명상을 하면서도 '생각하지 않는 사람은 이미 사람이 아니다. 스스로 유리한 생각을 하는지 불리한 생각을 하는지 분별해서 유리한 생각을 하는 게 지혜다'라고 생각했습니다.

선현들은 글을 통해 '고요한 지혜의 불'을 밝히라고 가르쳤습니다. 이런저런 생각으로 복잡한 불이 아니라 마음을 고요하게 다스려주는 지혜의 불꽃을 말하는 것이지요.

기뻤습니까? 기쁘게 했습니까?

가끔 '병원 쇼핑'으로 1년 동안 병의원을 365번 이상 다닌 사람 얘기가 언론에 보도됩니다. 오죽하면 그러랴 싶지만 사실 병원 다니기를 좋아할 사람은 그리 많지 않을 것 같습니다.

저 역시 어려서부터 병원에 가는 걸 몹시 싫어했습니다. 치과는 더욱더 그랬습니다. 우리나라처럼 의술이 발달하고, 의료보험도 잘 되어 있으며 정기적으로 건강검진을 받을 수 있는 나라는 그리 많지 않습니다. 그런데 저는 이 나이 먹도록 종합건강검진을 세 번밖에 받지 않았습니다. 검진 후 나쁜 결과가 나올까 봐 두려웠기 때문입니다.

지레 겁을 먹고 낙담하거나 근심 걱정으로 병을 더 키울 수도 있고, 고통을 예감하고 딴짓을 할지도 모른다는 생각을 했습니다.

지인과 제자들은 물론, 강연에 참석한 청중에게도 자신과 가족, 더 나아가 나라를 위해서라도 정기적으로 건강검진을 꼭 받으라고 강조하면서, 정작 저는 자꾸 미루고 핑곗거리를 만들곤 합니다.

담배를 오랫동안 너무 많이 피운 것도 마음에 걸리고, 술도 20여 년간 거의 매일 수면제 삼아 마신 게 걱정이었습니다. 책상 앞에 너무 오래 앉아 지낸 것도 신경 쓰이고, 오랜 시간 생각의 감옥에 갇혀 살아온 것도 걱정이었습니다.

우여곡절 끝에 받은 첫 번째 종합건강검진 결과에 별 탈이 없었고, 두 번째도 소소한 문제는 있지만 처방대로 약만 복용하면 해결되는 정도였습니다. 세 번째는 대장에서 용종을 제거하는 정도였습니다. 그러고 나니 또 핑곗거리를 만들게 되었습니다. 부모님 공덕으로 건강하게 잘 태어났고 별문제 없다 싶으니까 건강검진을 자꾸 미뤘습니다.

어머니가 신경통과 심장 질환으로 고통 받았고, 아버지가 중풍으로 세 번이나 쓰러진 걸 떠올리면서 용케 그런 건 물려받지 않았을 거라고 위로하며 건강검진을 피할 핑곗거리를 만들었습니다. 수면내시경을 하려면 장을 비워야 하므로 약을 먹고 밤새 화장실을 드나들어야 하는 것도 마뜩잖았고, 수면검사 뒤에 혹여나 깨어나지 못할까 봐 걱정이 되기도 했습니다.

건강검진을 했는데, 의사가 "재검사를 해야 할 것 같습니다"라거나 "조직검사가 필요합니다"라는 말을 들었다는 지인들을 가끔 만납니다. 더러는 "큰 병원으로 가보십시오"라는 얘기를 듣고 가슴이 철렁 내려앉아 마음을 추스르지 못했다는 사람도 있습니다.

재검사나 조직검사를 하고 집으로 올 땐 어떤 심정이겠습니까? 오만가지 상념과 걱정으로 가슴이 뻥 뚫린 듯할 겁니다. 검사 결과를 기다리는 며칠 동안 별의별 생각으로 잠을 설치고 온갖 근심과 걱정으로 마음 가누지 못합니다.

●

제가 좋아하는, 닮고 싶은 선배가 몇 차례나 대형 병원에서 정밀검사를 받았습니다. 방송국에서 만난 선배는 병색이 짙었고 눈빛도 흐렸습니다. 항상 멋지고 품격을 잃지 않던 모습과 너무 대조되어 걱정스러웠지만 표현할 수가 없었습니다.

몇 달 뒤에 경주의 행사장에서 만난 선배는 전혀 다른 모습이었습니다. 제가 닮고 싶었던 예전 그 모습이었지요. 문제없다는 검사 결과를 듣고 난 뒤, 살맛이 나서 이제는 좀 더 인생을 즐기며 살겠노라 다짐했다고 합니다.

건강검진을 받고 불과 몇 달 만에 모습이 바뀔 수밖에 없는 것이 인간입니다. 누군들 안 그렇겠습니까. 그만큼 죽음의 공포는 인생에서 가장 무서운 고통일 수밖에 없습니다.

건강검진에서 '재검사'나 '정밀검사'를 받아야 한다는 소리를 들은 사람은 순간 돈도, 권력도, 명예도 다 소용없다는 생각이 든다고 합니다. 새삼 가족이 너무도 소중하게 느껴지고 그동안 잘못 살았다고 후회를 한답니다.

건강을 챙기지 못한 것부터 가족을 더 사랑하고 아끼지 못한 것, 시절인연을 소중하게 여기지 못한 것이나, 돈 벌기에만 너무 열중한 것, 마음 내키는 대로 여행 한번 해보지 않은 것, 하고 싶은 걸 미루고 참기만 한 것, 남들에게 잘 보이려고 애쓴 것, 마음 졸이며 사느라 담대하게 행동하지 못한 것, 제때 말하지 못한 것, 즐겁고 신나게 놀아보지 못한 것 등등…….

어디 후회뿐인가요? 심지어는 자기가 죽고 나서 장례식장에 온 사람들이 자신에 대해 뭐라고 할지 걱정하는 사람도 있습니다. 아내나 남편의 심정이 어떨지, 자식들이 얼마나 슬퍼할지…… 쉼 없는 걱정으로 생각의 창고가 미어터질 듯한다지요.

●

이집트 사람이 죽어서 하늘에 오르면 천당에 갈지 지옥에 갈지를 결정하는데, 천신(天神)이 딱 두 마디만 묻는다고 합니다.

"살아 있는 동안 기뻤나? 남도 기쁘게 했나?"

둘 다 "그렇다"면 천당으로 보내고, 둘 중에 하나라도 아니라면 지옥으로 보낸다고 합니다.

이집트 교훈대로라면 저는 마땅히 지옥에 갈 것 같습니다. 글로써 남을 기쁘게 했을 수 있겠지만, 가족과 친척, 친구들을 기쁘게 했는지 곰곰 생각했습니다. 제자와 이웃들은 물론, 저와 시절 인연이 된 사람들이 저 때문에 정말 기뻤을까 생각해 보니 가슴이 찌릿했습니다.

그뿐만이 아닙니다. 저 자신의 삶에 근심 걱정보다 기쁨이 많았는가 생각하니 왠지 답답하고 한심하다는 생각이 들었습니다.

젊어서부터 세상에 저를 드러내며 살았기에 되도록 겸손하게, 어느 한쪽에 치우침 없이 그저 무난하게, 덮어두고 매사 삼가고 조심하자며 재미와는 거리를 두고 살아왔습니다. 기쁨을 누리려면 자유로운 사람으로 살아야 하는데 남의 시선을 너무 의식하며 살았습니다.

그러다가 문득 천당과 지옥은 죽은 뒤에 가는 곳이지만 살아서도 가는 곳이란 생각을 했습니다. 나도 기쁘고 남도 기쁘게 하는 사람은 천당에서 사는 것이고, 스스로 기쁘지 않고 남을 기쁘게 하지 못한 사람은 지옥에 살고 있는 것 아니겠습니까.

인생에서 꼭 필요한 것은 스스로 '잘 살 수 있는 방법을 찾는 일'입니다. 내가 잘 살아야 남을 기쁘게 할 수 있습니다.

잘 산다는 걸 재산이나 명예, 권력을 갖는 것이라고 생각하기 쉽습니다만, 그런 것들은 사는 데 편리하지만 진짜 행복의 도구가 아니라는 사실을 죽을 즈음에 알아차리게 됩니다. 죽음이 닥쳤거나 위급한 지경을 경험해 본 사람이라면 돈, 명예, 권력 따위가 행복의 조건이 아니라는 걸 압니다.

사람에겐 네 가지의 동반자가 있다고 합니다. 육신, 친족, 재산, 업보인데, 세상을 하직할 때는 육신, 친족, 재산은 버리고 오직 업보만 가져간다고 했습니다. 업보는 선악의 행업으로 말미암은 과보(果報)를 뜻합니다. 행업은 몸과 입과 마음으로 짓는 모든 행위입니다.

다시 한 번 강조하고 싶은 말은, 나도 기쁘고 남도 기쁘게 하면서 살아가시기를 바랍니다. '인생 딱 한 번뿐이니 잘 놀다 가지 않으면 불법'이란 사실을 반드시 기억하시기를.

3장

마음을 비우면
행복이 채워진다는 것을

상처를 향기로 바꾸는 지혜

허공은 모양이 없어 불에 데지 않고 맞아도 아프지 않고 칼에 베여도 상처가 생기지 않습니다. 송곳에 찔려도 구멍 나지 않고 쥐어짜여도 터지지 않고, 옭매여도 묶이지 않습니다.

사람은 형태가 있어서 때로는 아프고 피가 나기도 하며 뼈가 부러져 수술을 받을 때도 있습니다. 치료가 어려운 병에 걸려 고통스럽기도 하고, 치아가 상하거나 눈병, 귓병에 시달리기도 합니다. 그래서 사람들은 의약품을 날로 개발하고 의술을 발전시키며, 좋은 공기와 깨끗한 환경, 영양가 있는 식품을 찾습니다.

사람의 마음에는 본디 모양이 없습니다. 마음을 눈으로 본 사람이 있을까요? 온몸을 샅샅이 뒤져봐도 찾을 수 없습니다. 그러니 마음도 허공과 마찬가지로 아프지도 데지도 상처 나지도 터지지도 구멍 나지도 않아야 마땅합니다.

그런데 정말 기묘하게도 마음은 형태가 있는 몸보다 열 배, 스무 배, 아니 백 배나 더 아프고 상처 나고 터지고 구멍 나곤 합니다. 참 잘 찢어지고 피가 나며 자발맞게 멍들고 부러지곤 합니다. 변덕스럽기는 거의 선수급입니다.

하긴 사람은 하루에 8만 4천 번씩 번뇌한다고 했습니다. 어쩌면 이놈의 망념은 죽어야 떨쳐버릴 수 있는지도 모르겠습니다.

그렇다고 마음을 허공처럼 만들 필요는 없습니다. 마음이 허공처럼 되면 인생이 재미없어집니다. 재미나게 살다 가려고 태어난 것이지, 재미없게 살려고 태어난 게 아니니까요. 적당히 아프고 피 흘리고 구멍 난 걸 서로 가엾게 여기고 다독여주는 게 인생의 기쁨입니다.

천사의 옷에는 꿰맨 자국이 없다는 글을 읽은 적이 있습니다. 생각해 보니 사람 마음은 꿰맨 자국투성이인지도 모릅니다. 상처가 많기 때문입니다. 하기야 사람의 마음에 상처가 없다면 어찌 멀쩡한 사람이라고 하겠습니까. 삶의 지혜란 마음의 꿰맨 자국을 잘 지우는 도구일 겁니다.

인생살이는 고난과 시련의 역사를 쌓아가는 일입니다. 고난과 시련을 크게 겪은 사람이 신화를 만들고 역사가 된다고 생각합니다. 인류사에 보탬이 되었거나 후세에 존경 받는 인물들이 갖가지 고난과 시련을 겪었다는 사실은 일일이 역사책을 펼쳐보지 않아도 알 수 있습니다.

●

사람마다 영혼에 상처가 있습니다. 없다면 살아 있는 사람이 아니겠지요. 영혼의 상처는 각기 다 다릅니다. 육신의 질병과 상처에는 현대 의학으로 치유하기 어려운 부분이 있지만, 마음의 상처는 스스로 의사가 되어 그때그때 자신에게 맞는 약을 치방해야 합니다.

얼핏 떠오르는 처방으로는 널리 알려진 '이 또한 지나가리라'가 있습니다. 어떠한 고통스러운 일이라도 결국 시간과 함께 지나갑니다.

육신에 상처가 생기면 삼출물, 즉 진물이 납니다. 진물은 대식 세포 같은 백혈구와 단백 분해 요소, 세포 성장인자 등을 함유하고 있어 상처 치유를 촉진해 준다고 합니다.

우리가 흔히 사용하는 습윤밴드는 상처 부위를 밀폐하여 이물질의 침범을 막고 수분과 진물을 적절하게 유지시켜 치유를 촉진한다고 합니다.

식물도 상처가 생기면 스스로 습윤밴드를 붙입니다. 상추를 뜯으면 꺾인 단면에서 즙이 나옵니다. 그 즙은 병균으로부터 제 몸을 보호합니다.

저는 단독 주택에서 40년째 살고 있는데, 작은 마당에 이런저런 채소를 키우고 소나무도 몇 그루 가꾸고 있습니다. 2~3년에 한 번씩 소나무 가지치기를 해줍니다. 가지치기를 하면 송진이 잔뜩 나옵니다. 그래야 벌레나 병균으로부터 보호 받는다고 합니다. 평소에는 못 느끼지만 가지치기를 한 뒤에는 마당에 나갈 때마다 짙은 솔향을 맡곤 합니다. 바로 송진 때문입니다.

영혼의 상처를 치료하는 습윤밴드도 있습니다. 돈을 내거나 약상자를 뒤져 찾을 필요가 없습니다. 바로 우리 마음에 단단히 자리 잡고 있는 상처의 틀을 부숴버리면 되니까요. 내 인생에 도움이 되는 상처라면 그럴 필요가 없지만, 내 인생을 갉아먹는 바이러스가 분명하다면 당장 부숴버려야 합니다.

●

제가 소설가이기에 사람들은 "문학이란 무엇입니까?"라는 질문을 곧잘 합니다. 저는 망설이지 않고 이렇게 말합니다.

"문학은 영혼의 상처를 향기로 바꾸는 행위입니다."

마음에 상처가 났을 때 얼른 진물을 뽑아내면 그와 동시에 향기가 날 거라고 믿습니다. 마음에서 진물을 내뿜는 것은 고난과

시련을 흘려보내는 것입니다. 고난과 시련, 화와 분노를 끌어안는 것은 마음에 틀을 만드는 일이니, 마음의 문을 열어두고 그것들을 내동댕이쳐야 합니다.

●

'헤어 트리거(Hair trigger)'라는 게 있습니다. 머리카락만 닿아도 발사되는 방아쇠를 뜻합니다. 위기가 닥칠 때 지체 없이 즉각 대응하는 것을 비유하는 말이기도 합니다. 화나 분노, 고난이나 시련이 닥치면 즉각 방아쇠를 당겨 부숴버리는 게 나를 살리는 묘책입니다.

사람이 많은 곳에서 발을 헛디뎌 넘어졌을 때 아프지만 체면 때문에, 잘못한 게 아니더라도 부끄러움 때문에 재빨리 일어나곤 합니다. 그러나 어린아이는 그 자리에서 울어버립니다. 누가 일으켜 세워주기를 바랍니다. 아파도 벌떡 일어나는 것은 아픔과 부끄러움을 털어버리는 것이고, 주저앉아 우는 것은 아픔을 받아들이는 것입니다.

살다 보면 고통과 결핍과 열등감에 휘말려 헤어나지 못하는 일이 종종 생깁니다. 시련과 고난은 우리를 넘어지게 하지만 극복하려는 의지가 있다면 얼른 일어설 수 있습니다. 넘어지거나 미끄러지거나 다치거나 아플 때 그것에 매달리면 마음과 생각의 틀

에 갇히게 되지만, 툭 걷어차면 '마음의 모양과 틀'을 부숴버릴 수
있습니다.

시련과 고난에 굴복하지 않은 사람들은 걸작을 만들었고 명품
을 생산했으며 인류를 풍요롭게 했습니다.

삼시 세끼 먹을 수 있다는 행복

하루에 한 끼 굶는 건 어렵지 않지만, 하루 세 끼를 모두 굶는 건 고통스럽습니다.

한참 전에 '3일에 한 번씩 세 끼를 굶는 행사'에 참여해 본 적이 있습니다. 다이어트를 하려고 했던 게 아니라, 세 끼 굶고 일정 금액을 어려운 이에게 기부하는 행사의 취지가 좋아서 참여했습니다. 액수를 정하지 않고 각자 성의껏 기부하는 행사였습니다. 세 끼를 굶는 이유는 배고픈 이들의 고통을 스스로 겪어보자는 뜻이었습니다.

아침과 점심, 두 끼를 굶으니 속이 헛헛해지고 물을 자꾸 마시게 되었습니다. 그리고 나서 저녁 식사를 건너뛰었더니 참을 수 없는 배고픔이 밀려왔습니다. 일찍 잠자리에 들어보았으나 허기지고 허전해서 쉽게 잠들지 못했습니다.

그 행사를 통해 우리 주변에 굶주리는 사람들이 의외로 많다는 사실을 깨달았습니다. 제가 굶지 않고 잘살고 있었다는 걸 알았습니다. 배고픔과 가난이 얼마나 큰 고통인가도 새삼 느꼈습니다. 그동안 배불리 먹으면서도 행복해하지 않았다는 것도 깨달았습니다. 남의 고통과 아픔에 대해 아는 척했지만 정작 실감하지 못했다는 걸 알았습니다.

혼자 잘 먹고 잘사는 세상은 좋은 세상도, 사람 살 만한 세상도 아니라는 걸 느꼈지요. 소박하더라도 삼시 세끼를 편히 먹을 수 있는 게 행복이라는 사실을 절감했습니다.

부처님께서 6년 고행을 했던, 인도의 불가촉천민들이 사는 둥게스와리가 생각납니다. 입에 풀칠하기도 어려운 아이들이 뼈가 앙상하게 드러날 정도로 빈약하고 헐벗은 모습으로 거리에 나와 구걸하던 모습이 떠오릅니다.

극도로 가난한 불가촉천민들은 죽은 사람을 내다 버린 시타림(尸陀林)에서 시체의 옷을 벗겨 입는다고 했습니다. 부처님께서도 그런 옷을 입고 고행 정진했습니다.

법륜 스님은 그곳에 아이들이 공부할 수 있도록 유치원부터 고등학교까지 지어주었고, 맑은 물을 마실 수 있도록 펌프를 설치했으며, 굶지 않도록 식량을 보급하고 의료 시설까지 갖춰주었습니다. 덕분에 그곳은 건강한 마을이 되었습니다.

북한을 방문했을 때도 생각납니다. 그곳에서 만난 이들은 우리와 같은 민족인데 어찌 그리도 마르고 작고 허약해 보였는지 모릅니다. 저는 하루 세 끼를 굶으며 그들에게 자유롭고 평온한 삶이 주어지기를 기도했습니다. '제가 누리는 자유와 평화에 감사드립니다'라고 기도했습니다.

사하라 사막에서 만난 유목민 가족은 모래 폭풍으로 어린 자녀를 잃었다고 했습니다. 굶주림 때문에 자녀를 저세상으로 보내야 했다며 눈물을 쏟았지요. 제가 내민 비상식량을 받고 저를 가족처럼 꼭 끌어안았습니다. 그 비상식량은 제 입에는 그다지 맞지 않았는데 그저 혹시 모를 상황에 대비해 지니고 있던 것이었습니다. 그들이 어찌나 맛있게 먹던지, 저는 배부른 삶에 감사할 줄 모르고 산 세월을 반성했습니다.

필리핀 민다나오 섬의 고지대에 사는 원주민 아이들의 주식은 고구마와 토란입니다. 아이들은 검은 피부에 아랫배가 불룩 솟았고 앙상한 모습입니다. 저와 일행이 짊어지고 올라간 과자와 사탕을 나누어 주니, 무표정하던 아이들이 해맑게 웃었습니다. 아이들은 사탕을 한 개씩 입에 물고 좋아서 폴짝폴짝 뛰었습니다. 치아가 하나도 남지 않은 원주민 할머니가 사탕을 입에 물고 환하게 웃는 걸 보면서, 저는 왜 그동안 맛있는 걸 먹으면서도 웃지 못했고, 배부르게 먹으며 행복해하지 못했는지 뉘우쳤습니다.

●

두 번째로 세 끼를 굶은 날에는 굶는다는 생각을 애써 지우고 배고픔을 잊기 위해 기도를 했습니다. 마음의 중심을 잡기 위해서, 세상의 배고픈 이들을 위해서 기도하기 시작했지요. 시간이 얼마 지나지 않아 자꾸 분심이 일었습니다. 그래서 108배를 하며 기도했습니다.

세 번째로 세 끼 굶을 때는 마음을 다지며 참회 기도를 했습니다. '참(懺)'은 태어나서부터 지금까지 지은 잘못을 뉘우치는 것이고, '회(悔)'는 지금부터 죽을 때까지 지을 허물을 미리 뉘우치는 것이라고 스승께 배웠습니다. 통상 자신의 잘못을 깨닫고 깊이 뉘우치거나, 부처님과 하느님께 죄를 회개하고 용서를 비는 것을 참회라고 합니다.

그때는 위장이 비었는데도, 세 끼를 굶고 108배를 해도 이상하게 배가 고프지 않고 뭔가 충만한 느낌이 들었습니다. 남을 돕는다는 마음과 하루 세 끼쯤 먹지 않아도 견딜 수 있다는 자신감,

매일 먹는 음식에 대한 고마움에서 오는 기쁨 덕분에 잠도 푹 잘 수 있었습니다.

지금도 저는 식사할 때면 "이 음식이 내 앞에 오기까지 수고한 많은 분들께 참 고맙습니다"라고 기도합니다.

대나무와 같은 마음으로

지구 위의 물체가 지구로부터 받는 힘을 중력(重力)이라고 합니다. 중력 덕분에 사람은 공중에 떠다니지 않고 땅을 딛고 살 수 있습니다. 그러나 사람 마음에는 중력이란 게 없습니다. 그래서 마음은 떠돌거나 맴돌거나 흔들리곤 합니다. 살아 있는 것 중에 흔들리지 않는 게 있을까마는 사람의 마음처럼 잘 흔들리는 건 달리 없을 것 같습니다.

인간은 지구에서 진화를 가장 잘했기에 만물의 영장이란 소리를 듣지만, 뇌가 가장 잘 발달해서인지 마음과 생각이 시시때때로 흔들립니다. 1.5킬로그램밖에 안 되는 뇌를 가졌는데도 마음은 우주만큼이나 넓기도 하고 바늘 끝보다 좁기도 합니다.

여러 해 전에 경상남도 산청 군수님의 초대로 산청의 명승지를 둘러본 적이 있습니다. 명승지를 다 구경하고 기산국악당을 찾았습니다. 기산국악당은 국악의 선각자로 평가 받은 기산(崎山) 박헌봉 선생을 기리는 뜻에서 세워졌습니다.

국악당 뒤편의 대밭극장을 안내하던 기산국악제전위원회 최종실 이사장님이 대밭극장을 상징하는 시 한 편을 써주면 전시도 하고 노래로 만들어 공연도 하겠다고 했습니다. 저는 산청의 아름다운 풍경과 맑은 공기, 청정한 지리산 물길을 떠올리며 써보겠다고 약속했습니다.

그날 밤 집에 돌아와 만년필을 잡고 궁리한 끝에 「대바람 소리」라는 시 한 편을 썼습니다.

하늘에게
어찌 살라느냐 물었더니
대나무처럼 살라 하네요
대나무는 가늘고 길어도
쓰러지지 않지요
마디가 있고
속이 비어서 그렇다더라
인생의 고비가 마디요

속을 비우는 건

마음 내려놓는 거라네요

대나무에게

어찌 살라느냐 물었더니

바람처럼 살라 하네요

바람은

그물에 걸리지 않는다지요

걸림이 없고

자유로워서 그렇다더라

사랑과 용서로 짠 그물에는

바람도 걸리고

하늘도 웃는다네요

　이 시는 조각 작품이 되어 기산국악당과 대밭극장에 전시되었습니다. 또 2019년에는 국립전통예술고등학교 3학년 조희원 양이 작곡하고 같은 학교 1학년 김태희 양이 대밭극장에서 산천에 울려 퍼지도록 노래를 불렀습니다. 판소리를 하는 국악인 유태평양 씨가 가사가 마음에 와닿는다고 하며 이어서 부르기도 했습니다.

　또한 국악계의 거장이자 중앙대학교 총장을 역임한 박범훈 박사님이 〈대바람 소리〉라는 노래를 작곡했고, 국민적 사랑을 받는 소리꾼 장사익 선생님이 장중하게 노래를 불렀습니다.

●

장편소설 『인간시장』이 대한민국 역사상 최초의 밀리언셀러가 된 뒤에 제가 몹시 흔들린 적이 있습니다. 벼락출세를 했으니 세상에 부러울 게 뭐 있으며 무슨 역경 따위가 있었겠느냐고 하겠지만 갖가지 시기와 질투가 있을 뿐 아니라, 아내에게 몹쓸 해코지를 하겠다거나 자식들을 유괴하겠다는 협박과 공갈에 시달려 몹시 괴롭던 때가 있었습니다.

옛 명구 중에는 '소년 등과가 불행일 수 있다'는 가르침이 있습니다. 젊은 나이에 벼락출세를 하면, 저 혼자 잘난 줄 알고 교만하여 기고만장하고 우쭐대다가 일찍 사그라든다는 뜻입니다.

교만은 삽시에 사람을 망가뜨리는 섬뜩한 도구입니다. 교만과 열등감과 변덕스러움, 고난에 굴복하는 노예근성이나 허영심은 모두 인생을 고달프게 합니다. 마음이 흔들릴 때는 그것들이 마음을 차지하려고 안달합니다. 그렇게 삶은 때때로 소용돌이칩니다. 마음은 잘 흔들리게 만들어진 탓에 쉽게 헛것으로 채워지는지 모릅니다.

괴로운 마음을 털어놓을 곳이 없던 저는 성철 대선사님을 만나 가슴앓이를 하소연했습니다. 성철 대선사님은 딱 한마디를 하셨습니다.

"대나무처럼 살라."

대나무가 가늘고 길어도 쓰러지지 않는 것은 속이 비었고 마디가 있기 때문이라는 걸 상좌 스님이 알려주었습니다.

마디는 시련, 고난, 역경, 좌절, 고통 따위가 지나간 흔적이며, 때로는 그런 아픔들이 인생을 쓰러지지 않게 하는 버팀목이 되어준다는 것이었습니다. 마음을 어느 정도 비워야 모진 인생 풍파에도 버틸 수 있다는 깨달음이었습니다.

언제나 주변을 간결하고 소박하게

저만 그랬는지 모르겠습니다만, 한평생 참 안달하며 살아온 것 같습니다. 남에게는 "좀 느긋하게 살아야 인생이 풍요로워지지요"라고 말하면서도 저 자신은 안달하고 채근하며, 매일 조급하게 살았지 싶습니다.

저는 약속을 잘 안 하는 편입니다. 예정된 강의나 강연, 모임, 축사 자리에는 정해진 시간보다 일찍 도착하고 원고를 청탁 받으면 미리 써둡니다. 정해둔 걸 먼저 해둬야 안심할 만큼 매사 안달하는 편이라서 약속하는 걸 주저할 정도입니다.

그러다 보니 약속 장소에 한 시간 일찍 도착하는 일도 흔합니다. 대중 강연일 때는 주최 측에서 당황하기도 하고 손님 대접하느라 더 마음을 쓰기도 합니다.

젊은 시절, 중앙 일간지에 소설을 연재할 때는 통상 한 달 치, 그러니까 25~26회분 원고를 미리 전달하곤 했습니다. 해외 취재 여행 일정이 잡히면 두 달 치 원고를 문화부 담당자에게 먼저 보내기도 했습니다.

문화부에서 잔뼈가 굵었다는 한 신문사의 문화부장님은 기자 생활 20여 년에 한두 달 치 원고를 미리 가져오는 사람은 처음 본다고 했습니다. 제 대답은 이랬습니다.

"제 마음이 편하려고 이러는 겁니다."

평생 마감 시간에 시달리는 신문 기자나 잡지사 편집자의 고뇌를 알기 때문에 원고를 미리 전달해야 제 마음이 편했습니다. 모든 일을 앞서 준비하고 안달하는 게 습관이 되었나 봅니다.

어느 날, 어김없이 약속 장소에 일찍 도착하려고 서둘러 집에서 출발했습니다. 그쪽으로 가는 거리에서 행사가 있는 걸 모른 채 떠났는데, 시간이 지체되자 시곗바늘이 저를 옥죄기 시작했습니다. 아무리 계산해 봐도 늦을 수밖에 없는 상황이라 전화로 사정을 얘기하려고 했는데, 아뿔싸, 급하게 나오느라 휴대폰을 챙기지 못한 걸 그제야 알았습니다.

운전기사의 휴대폰을 빌려 집에 전화를 걸고 찾아봐달라 했더니 신발장 위에 휴대폰이 놓여 있다고 했습니다. 급하게 서두르며 구두를 신다가 그 자리에 놓고 나온 겁니다.

반나절 동안 휴대폰 없이 밖에 있으려니 마음이 불편했습니다. 급한 연락이 온 것은 아닐까 답답하고 궁금했습니다. 전화를 안 받으니 얼마나 애가 탈 것이며, 저와 통화를 꼭 해야 하는 사람은 얼마나 답답할 것인가 하는 생각부터 여러 가지 방정맞은 생각까지 들었습니다.

휴대폰 없이 반나절을 보내면서, 그토록 불편한 걸 견디면서, 제 조급증이나 작은 일에도 근심 걱정하는 모습을 돌아보게 되었습니다. 평소답지 않게 허둥대는, 저 자신에 대한 실망감까지 생겼습니다.

일을 마치고 집에 도착하자마자 휴대폰부터 보았습니다. 하지만 평소와 다른 게 없었습니다. 급한 연락도 없었지요. 일상적인 안부 문자나 소식을 전하는 문자를 확인한 순간, 안도감이 들기보다는 불안하고 조급해하던 마음이 허탈함으로 바뀌었습니다.

그러나 그런 뒤에도 음식점이나 찻집에 휴대폰을 놓고 오거나 지인의 자동차에 두고 내렸을 때 역시나 좌불안석이었습니다. 하긴 요즘 휴대폰에는 여러 가지 개인정보와 연락처가 들어 있으니 걱정되는 게 한두 가지가 아니기도 합니다. 그럴 때면 누구라도

'휴대폰 없을 때는 도대체 어떻게 살았나 모르겠네'라고 생각하곤 합니다.

●

휴대폰에만 그런 게 아닙니다. 안달하는 마음이 있으니 여행 갈 때마다 이것저것 잔뜩 챙깁니다. 다녀와서 짐 정리를 하다 보면 가져간 물건 중에 사용하지 않은 게 의외로 많다는 걸 알지만 그다음에 여행을 갈 때도 여전히 잔뜩 챙겨야 마음이 놓입니다.

일주일 해외 봉사를 준비할 때의 일입니다. 짐의 무게가 15킬로그램을 절대 넘지 말아야 했기 때문에, 저는 가방을 체중계에 얹고 이것저것 넣었다 뺐다 했습니다. 그렇게 했음에도 돌아와서 가방을 정리하며 제가 여전히 걱정도 많고 조급했다는 걸 절감했습니다.

인생도 마찬가지라고 생각합니다. 안달복달하며 살면 실수는 비록 덜 할지 모르지만 주변 사람을 귀찮게 하거나 스스로 피곤한 삶을 살게 됩니다. 주변을 되도록 간결하고 소박하게 정리하며 살아야 편안하고 너그러워질 것입니다.

생각 창고 비우기

인간을 '생각하는 동물'이라고 합니다. 그래서 만물의 영장이 되었다고 합니다. 현대인들의 생각 창고에는 오만가지 생각이 가득 차 있습니다.

사람은 여러 이름의 '용수철'을 가지고 있습니다. 생각, 습성, 행동, 본능이 철사의 형태라고 생각해 보세요. 철사를 돌돌 말아 만든 용수철은 힘으로 눌렀다가 그 힘을 빼면 본래의 모습으로 되돌아옵니다.

생각, 습성, 행동, 본능과 같은 용수철은 평생 자신을 따라다니며 감겼다가 풀어지기를 반복합니다. 자신이 가진 용수철의 탄성이 강한지 약한지 분별하기는 쉽지 않습니다. 그래서인지 흔히 인생은 단번에 바뀌지 않으니까 조금씩 바꾸는 게 좋다고들 하지요. 하지만 조금씩, 천천히, 느리게, 슬쩍 바꾸는 게 가능할까요? 그것이 가장 현명한 방법일까요?

그렇다면 지금의 나이와 상관없이 적어도 천 년 넘게 사셔야 합니다. 의학이 발전하고 환경과 먹거리, 신체 조건이 좋아졌다고 하지만 백 년 넘게 사는 사람은 여전히 소수입니다. 그러니까 이왕 바꾸려면 단번에, 확 바뀌야 합니다.

●

일상생활에서 쓰레기가 매일 나오듯 '생각의 쓰레기'도 참 많이 생깁니다. 슬픔, 화, 분노, 짜증, 질시, 고뇌, 갈등은 생각의 쓰레기입니다.

생각의 쓰레기는 과연 쓸모가 있을까요, 없을까요? 어디에도 쓸 데가 없다는 것을 우리 모두 잘 알고 있습니다. 그럼에도 사람들은 생각의 쓰레기를 버리지 못하고 부여잡고 살아갑니다.

흔히 무소유를 '전혀 소유하지 않는다'는 의미로 생각하기 십상입니다만, 가진 건 잘 사용하고 쓸데없는 건 과감하게 버리라는 뜻으로 이해해야 합니다.

이삿짐을 싸본 사람이면 누구든 쓸모없는 걸 잔뜩 가지고 있다는 걸 압니다. 얼마 전, 친지의 권유로 집 정리 전문가에게 요청해 사용하지 않는 물건을 정리했습니다. 40년 동안 이사하지 않고 한집에 살았으니 얼마나 잡동사니가 많았겠습니까.

그런데 제 집의 잡동사니보다 제 생각과 마음의 잡동사니가 셀수 없이 많다는 걸 알아차린 순간 뒤통수를 맞은 듯한 느낌이었습니다. 남의 말 할 것 없이 저 자신을 돌아보면, 입으로는 "가질 것과 버릴 것을 잘 구별해야 인생을 맛있게 사는 거"라고 하면서 저 스스로 지키지 못했다는 걸 알았습니다.

집에 있는 잡동사니는 전문가의 도움을 받아서 버리거나 정리할 수 있지만 제 마음속의 잡동사니는 스스로 정리 정돈 해야 합니다. 그게 그리 쉽다면 이런 글을 안 써도 되겠지요.

육신의 쓰레기나 생활 쓰레기는 그리도 잘 버리면서 어찌하여 생각의 쓰레기는 버리지 않을까요?

생활 쓰레기는 더럽거나 냄새가 나거나 쓸모없이 자리를 차지하기 때문에 애써 버리지만, 생각의 쓰레기는 냄새가 없고 차지할 공간도 엄청나게 넓습니다. 또 우리 눈에 보이지 않아서 평생 차곡차곡 쌓여도 별로 표가 나지 않습니다. 어쩌면 버려도 또 생기니까 치우는 게 귀찮을 수도 있습니다.

생각을 비틀어서 마음의 잡동사니로 가득 찬 '생각 창고'를 비워야 합니다. 쓸모없는 걸 잘 버리는 용기도 지혜이니까요.

생각 비트는 일에는 시간이 걸리거나 고난이 따르지 않습니다.

법에 저촉되지도 않지요. 생각 비틀기는 그야말로 공짜입니다. 생각을 비틀면 인생도 바뀝니다.

해결사는 내 마음

　행복과 기쁨은 오래가고 걱정은 빨리 사라지기를 바라지만 현실에서는 대부분 그 반대입니다. 또 '왜 나만 살기 힘들까?'라고 스스로를 남과 비교하며 원망을 키우기 십상입니다. 세상 많은 사람들은 '나만 힘들다'고 생각합니다.

　나는 괴롭고 힘든데, 밖에 나가 보면 남들은 모두 멀쩡해 보일때가 많습니다. 물론 탈 없고 마음 편한 사람이 많게 느껴지겠지만 겉보기와 달리 제각기 사연이 있습니다. 영화나 드라마, 소설의 주인공은 물론이요, 신문 사회면 기사에 등장하거나 방송에 출연해서 지난날 살아온 얘기를 털어놓는 사람 중에 우여곡절없는 사람이 어디 있습니까. 주변을 둘러보고 나만 그런 게 아니라고 스스로 위로해야 합니다.

세상사 다 그런 거라고, 좋은 일이 있으면 다음엔 어려운 일이 생기는, 롤러코스터 같은 게 인생이라고 생각해도 좋습니다.

제가 소설 쓰는 사람이기에 종종 자신의 속얘기를 털어놓는 사람들을 만나곤 합니다. 소설이란 남의 인생을 문학적으로 창작하는 것이기에 제게 자신의 속사정을 털어놓고 조언을 듣고 싶어 합니다. 그 덕분에 가진 게 많은 사람일수록 우여곡절이 많다는 걸 알았습니다.

그들의 얘기를 들어보면, 부자는 두 종류로 나뉩니다. '마음 부자'는 검소하게 살면서도 만족하는 마음이 있어 행복하고, '물질 부자'는 더 갖고 싶은 욕구와 경쟁심 때문에 마음의 고통을 겪는 일이 많습니다.

가난에도 두 가지 종류가 있습니다. 물질이 부족한 사람은 고난이 닥쳐도 어떻게든 이겨내려고 하는 반면, 마음이 가난한 사람은 늘 뭔가 부족하다고 생각하며 뜻대로 이루어지지 않는다고 투덜거립니다.

●

한때 '걱정 인형'이라는 게 유행한 적이 있습니다. 인형에게 자신의 걱정거리를 얘기하면 그 인형이 걱정을 대신해 준다고 여겼습니다. 사실 인형이 걱정을 대신할 수 없다는 걸 알면서도, 해결사를 만난 듯 인형에게 주저리주저리 걱정을 말하며 의지하고 싶은 인간의 심리가 작용한 듯합니다. 해결해야 할 고민이나 아직 일어나지 않은 일에 대한 불안감을 인형에게 말하면서 심리적 안정을 찾는 자가 치료법입니다.

세계 어느 나라에서든 바닷가나 큰 강가, 험준한 산속, 특히 자연재해가 많은 지역에 사는 사람들은 위험으로부터 괴로움과 걱정을 해소하는 방법을 모색했습니다. 모질고 사나운 운수를 대신해 줄 도구인 허수아비나 걱정 인형, 액운을 실어 보내는 연 따위에 의존하며 심리적 치료를 해왔습니다.

우리나라에서는 1980년대 중반만 해도 자동차를 구입했을 때 돼지머리나 떡시루를 차 앞에 놓고 절을 했습니다. 부디 사고 나지 않게 해달라고 고사(告祀)를 지냈습니다. 지금도 집을 짓거나 사무실에 입주하거나 식당을 차릴 때 돼지머리를 놓고 고사 지내는 일이 제법 많습니다.

제가 어렸을 적에 '고수레'라는 민간신앙 행위가 흔했습니다. 산이나 들에서 음식을 먹을 때나 무당이 굿을 할 때, 귀신에게 먼저 음식을 바치는 행위를 고수레라고 합니다. 고수레를 해야 부정 타지 않는다고 했습니다. 어쩌면 그 또한 불안과 걱정을 달래는 심리적 치료라고 할 수 있습니다.

지금도 제주도에는 '제주 허멩이 답도리'라는 지역 축제가 있습니다. 아픈 기억, 슬픈 얘기, 괴로운 일, 병환, 잊어버리고 싶은 것들을 종이에 적어 '허멩이'에게 맡기는 의식입니다. 허멩이는 띠풀로 엮어 하얀 천이나 종이로 옷을 해 입히고 이목구비를 그려넣은 허수아비입니다. 그런 허멩이가 정말 내 아픔을 대신 받아서 해결한다고 믿는 걸까요?

해결사는 허멩이가 아니라 나 자신을 사랑하는 마음이겠지요.

참회합니다, 고맙습니다, 잘 살겠습니다

저는 유치원에 다닐 때 부모님과 함께 성당에서 세례를 받았습니다. 당시 저희 성당 신부님의 세례명은 가톨릭교회 첫 번째 교황님의 세례명인 베드로였습니다. 신부님께서는 '너는 나를 따르라'는 뜻에서 제게 두 번째 교황님의 세례명인 '리노'를 주셨습니다.

어려서부터 성당에서 미사를 돕는 복사를 했고, 고등학교 2학년 초까지 가톨릭신학대학을 꿈꾸었습니다. 하지만 제가 집안의 장손이자 외아들이어서 부모님과 문중 어른들이 반대하였고, 제 마음 또한 변한 탓에 결국 진로를 바꾸었습니다.

문학청년 시절, 저는 불교와 개신교, 원불교는 물론 통일교에 대해서도 공부했습니다. 무속과 점술, 명리학에도 기웃거린 적이 있습니다. 하지만 깊게 파고들며 정진하지 못한 채 이리저리 방황했습니다.

젊은 시절, 한때는 큰스님께 선학(禪學)을 배우며 부지런히 108배를 했습니다. 세월이 흘러 20여 년 전부터는 법륜 스님께 마음공부를 하며 다시 108배를 시작했습니다.

저는 지금도 108배는 물론, 여러 마음공부를 합니다. 부처님 오신 날엔 절에 가고, 성탄절에는 성당에 갑니다. 가끔 친구 따라 교회에 가서 목사님 설교를 듣기도 합니다. 김수환 추기경님께서 돌아가시기 전, 언젠가 제 이런 삶에 대해 여쭤본 적이 있습니다.

추기경님은 "마음 편하게 다녀요. 거기건 여기건 모두 진리가 있으니까요"라고 하셨습니다.

●

절 방석에 반듯하게 앉아 명상을 하면 참회할 게 엄청나게 많이 떠오릅니다. 제 머릿속에 최첨단 녹음기를 설치하여, 뇌 속에 숨어 있는 참회들을 줄줄이 꺼내 책으로 엮으면 열 권은 족히 넘을 것 같았습니다. 그래서 혼자 1080배를 시작했습니다. 108배를 열 번 하면 1080배가 됩니다.

여럿이 절을 할 때는 3천 배를 하더라도 뒤처지지 않으려고 같이 하는 사람들의 눈치를 보며 기를 쓰고 어떻게든 해냈습니다. 중간에 포기하면 스스로를 원망할까 걱정하며, 남들은 잘하는데 나만 못할 순 없다는 경쟁의식까지 가졌습니다.

1천 배를 한 뒤에는 1천 번이나 절한 것이 억울해서 계속했고, 2천 배를 한 뒤에는 그래도 이만큼 한 게 어디냐는 생각이 들어 멈추지 않았습니다. 3천 배를 해내면 특별한 성취감을 얻게 될 것 같아서, 평생 자랑할 수 있을 것 같고 저 자신이 대견하고 장하고 기쁠 것 같아 악착같이 절을 했습니다.

3천 배를 해내면 앞으로 맞닥뜨릴 세상의 모진 풍파나 시련, 고난쯤은 이겨낼 것 같았습니다. 기도가 통할 것 같은 마음에 결국 모진 고행을 해내곤 했습니다.

그러나 혼자 1080배를 할 때는 몸보다 마음이 더 힘듭니다. 보는 사람이 없으니 분심도 자주 들고, 꾀부리고 싶은 마음도 자꾸 생깁니다. 굳이 1080배를 해야 할 까닭이 있는가를 생각하기도 합니다.

그런데 참 기묘하게도 참회 기도와 감사 기도를 하며 1080배를 하면 생각보다 수월합니다. 의외로 성취감과 자부심이 생기기도 합니다.

●

기도와 참선, 명상은 마음을 내려놓아야 제대로 할 수 있습니다. 다리를 엇갈려 앉는 결가부좌를 한 채 명상을 했고, 마음을 조금 비워놓는다 생각하며 기도를 했습니다. 1080배를 하기 위한 준비 운동입니다.

절을 할 때 하나부터 서른여섯 번째까지는 "참회합니다", 서른일곱 번부터 일흔두 번째까지는 "고맙습니다", 일흔세 번부터 백여덟 번까지는 "잘 살겠습니다"라고 되뇌었습니다.

"참회합니다"라고 말하는 건, 복잡한 마음을 가다듬기 위해서입니다. 앞서 말한 대로 참회는 지금까지 지은 잘못과 앞으로 지을 허물을 뉘우치는 것이기 때문입니다.

"고맙습니다"는 제가 태어난 것과 아직까지 살아 있는 것에 감사드리고 그동안 살아 있게 해준 모든 인연에 감사하는 마음을 뜻합니다. 생각해 보세요. 제가 살아오는 동안 고마운 것들이 얼마나 많았겠습니까. 이루 헤아릴 수 없을 정도입니다.

시절인연이 된 무수한 사람은 말할 것도 없습니다. 사람으로 태어난 것부터, 숨을 쉬고 밥을 먹고 물을 마시고 웃고 떠들 수 있는 것이며, 그간 배우고 익힌 것들은 또 얼마나 많습니까. 대한민국 국민으로, 사람답게 살 수 있는 것 또한 축복입니다. 한글과 민주화, 경제발전과 K-문화만 떠올려도 고마워할 일은 태산 같고 바다 같습니다.

"잘 살겠습니다"라는 말은 경제적 풍요로움이나 명예, 권력을 뜻하는 게 아닙니다. 제가 잘 살아야 저와 인연된 분들을 도울 수 있고 감사함에 보답할 수 있습니다. 그분들이 저를 신경 쓰지 않게 하려면 제가 잘 살아야 합니다.

이때 잘 산다는 것은, 부단히 노력해서 남에게 폐를 끼치지 않고 경조사에 더불어 참여하며 참된 시절인연으로 살아가는 삶의 자세를 갖는 것을 말합니다.

물질적인 여유가 있어서 상대가 어려울 때 도울 수 있으면 더욱 좋겠지요. 모교에 조금이라도 장학금을 낼 수 있고 시민 단체나 공익 기관에 적은 액수라도 기부하거나 다달이 후원회비를 낼 수 있으면 금상첨화입니다.

'남을 기쁘게 하고 세상에 조금이라도 보탬이 되게 살겠습니다'라고 기도하는 마음가짐을 잊지 않기 바랍니다.

제가 가슴 시리게 했던 모든 분들께

1080배를 마치고 책상 앞에 앉아 만년필을 들었습니다. 원고지 맨 위에 '제가 가슴 시리게 했던 모든 분들께'라는 제목부터 썼지요. 참회 기도를 하며 생각한 제목입니다.

그리고 가벼운 마음으로 참회문을 쓰기 시작했습니다. 나중에 첨삭하더라도 우선 쓰고 보자고 생각했습니다.

제가 국회의원이 되었을 때, 당 총재 부인이 제가 전에 쓴 칼럼에서 남편을 심하게 비판한 걸 잊기가 어려웠다고 했던 말이 떠올랐습니다.

소설 『인간시장』을 연재할 때 몹시 사나운 비판을 받은 고위 인사는 가족들 보기 민망해서 한동안 저를 매우 미워했다고 했습니다. 우리나라 3대 언론사 중 하나로 손꼽히는 곳의 사주께선 "당신이 쓴 글로 받은 상처가 참 오래갔다"고 말했습니다.

권력의 한 핵심 인사는 "지난 선거에서 당신의 글이 대서특필되는 바람에, 상대가 그 신문을 복사해서 집집마다 뿌려 내가 낙선했소. 이제 서로 탁 풀어버립시다"라고 했습니다.

지상파 방송사 사장의 비리를 파헤쳐 사표를 내게 한 적도 있습니다. 훗날 그를 만났을 때 제가 먼저 "지난 일은 잊으시죠"라고 하자 그도 "좋은 인연을 맺자"고 했습니다.

시민운동을 하며 기업의 관리자에게 책임을 묻고, 국회에서 국회의원을 겸직한 장관의 비리를 파헤쳐 장관직을 삭탈했고, 대학에 봉직하며 재단 이사장과 총장의 비리를 밝히고, 국정감사를 하며 행정부의 수장과 지방정부 수장을 매섭게 몰아붙인 것도 제 가슴을 시리게 만들었습니다.

저만 옳았을까요? 저만 나라와 국민을 사랑했을까요? 저만 바른 판단을 했을까요? 저만 정직했을까요? 저만 최선을 다했을까요? 제가 다 맞고 그들이 전부 틀렸을까요?

어쩌면 그때는 제가 옳았고 그들이 틀렸을 수도 있지만, 좀 더 깊게 사유해 보면 저와 그들의 생각과 방법이 다를 수밖에 없었던 거라는 생각을 했습니다.

참회 기도 끝에 쓴 글을 여기에 옮겨보았습니다.

제가 가슴 시리게 했던 모든 분들께

참회 기도를 하며 문득 뒤돌아보니 저 때문에 가슴 아팠던 분들이 무척 많을 거라는 걸 알았습니다.

바른 소리라 생각하여 글로써 비판하여 뭇사람들이 통쾌해할 때, 그 비판의 펜촉 끝에 찔려 아프고 상처 난 분들께 이제야 머리 숙이고 마음을 어루만진들 무슨 약이 되고 위로가 되겠습니까.

옳고 바른 판단이라 하여 국회에서, 국정감사에서, 시민운동 현장에서 매섭게 언성을 높일 때 국민들께선 잘한다고 박수를 보내주셨지만 잘 벼린 칼날 같은 그 소리가 꼭 옳기만 했을까요. 억울해도, 곡해가 있어도, 오해였을 수 있음에도 대꾸하지 못한 응어리가 오죽이나 많겠습니까.

글을 쓰며, 방송을 하며, 강단에서 또는 일상에서, 인연 맺고 두루 사귀면서, 제 생각이 옳다며 남을 그르다 하고, 제 판단이 바르다며 남을 어리석다 하고, 제 분별력이 밝다며 남을 하찮게 여긴 적이 어디 한두 번이겠습니까. 잘난 듯이 목청 세운 걸 어찌 하늘과 땅이 듣지 않았겠습니까.

제 어리석음으로 한때나마 제가 차갑게 비판했던 분들에게 이제 말할 수 있습니다. 세상 이치가 서로 다르다는 것을 미처 깨닫지 못한 제 부덕함과 어리석음을 머리 조아려 반성하고 참회합니다.

제 모든 부덕함이 공분이었든, 정의감이었든, 진실하고 싶은 욕심이었든 간에 참회 기도를 하며 이제 털어버렸습니다. 저는 사랑하는 재주는 많이 모자라지만 용서하는 재주는 꽤 가진 편입니다. 그땐 그럴 만한 사정이 있었을 거라 생각하고 저와 다른 생각을 했을 뿐이라고 마음먹기로 했습니다.

거친 세상사에 음울하게 젖어 있던 제 마음을 바람 쐬고 햇볕에 말리는 영혼의 포쇄(曝曬)를 하려고 합니다. 혁명하려면 피가 낭자해지는 걸 감수해야 하듯, 저 자신을 바꾸려면 가슴을 열어 영혼의 피가 흐르는 걸 감수해야 한다고 생각합니다.

제가 좋아했고 사랑했고 인연 맺은 분들, 저를 아끼고 성원하고 좋아하고 시절인연이 되어주신 분들은

참으로 많이 참아주셨고

참으로 많이 베풀어주셨고

참으로 많이 기다려주셨고

참으로 많이 너그러우셨고

참으로 많이 아껴주셨습니다.

참 고맙습니다.

이제 지난 것을 잊고 사랑하고 좋아했던 것만 가슴에 담으려고 합니다. 우리 모두 함께 그랬으면 좋겠습니다.

4장

더 사랑하고
더 용서해야 한다는 것을

굳센 사랑을 위한 묘약

사랑이 오래간다는 속설에 연인들이 관광지의 철제 난간에 자물쇠를 걸어두는 게 유행일 때가 있었습니다. 자물쇠를 걸어둔 연인들이 모두 잘 살고 있으면 참 좋겠습니다. 더러는 거대한 바위에 남녀의 이름을 새기고 하트 표식까지 했는데, 지금도 그 사람들은 바위처럼 굳세게 사랑하고 있을까요?

우리나라에서만 그런 게 아닙니다. 다른 여러 나라에도 자물쇠를 거는 곳이나 바위에 이름을 새긴 곳이 있습니다. 셰익스피어의 명작 『로미오와 줄리엣』의 배경으로 알려진 이탈리아 베로나 시에서는 1972년에 조각가에게 '줄리엣 청동상' 제작을 의뢰하여 설치했습니다.

이후 줄리엣 청동상의 오른쪽 가슴을 만지면 '운명적인 사람과의 사랑이 이루어진다'는 속설이 생겼고, 사람들이 청동상 가슴을 너무나 많이 만진 탓에 결국 구멍이 생겼다고 합니다.

할 수 없이 원본을 철거하고 2014년에 복제품을 설치했는데 또다시 수많은 관광객들이 오른쪽 가슴을 만져 구멍이 생겼다지요. 좋다는 건 뭐든 다 해보고 싶은 게 사람의 심리입니다. 어쩌면 당연한 욕구인지도 모릅니다.

한 해 백만 명 정도가 그곳을 찾는다고 하는데, 줄리엣 청동상의 오른쪽 가슴을 만진 그 많은 사람들이 정말 운명적인 사랑을 하고 있을까요? 그 속설이 꼭 맞았으면 좋겠습니다. 사랑 때문에 가슴앓이하는 수많은 사람들이 운명적 사랑을 이룬다면 얼마나 살맛이 나겠습니까.

제 자료 노트에 적혀 있는 글을 읽다가 콤플렉스를 연구하는 전문가의 얘기를 되새겨보았습니다. 사람들은 자신의 콤플렉스를 의식해 자신과 반대인 사람에게 빠져들곤 한답니다. 가난한 사람은 부자에게, 인물이 없는 사람은 미남과 미녀에게 더 관심이 간다지요. 키가 작으면 키 큰 사람에게, 직위가 낮으면 직위 높은 이에게, 약하면 건강한 이에게 매혹된다고 합니다.

내가 원하는 이상형의 짝을 만나기 위해 인물, 학력, 집안은 물론, 성격이나 재물, 지위나 건강까지 따져보게 됩니다. 하지만 그렇게 완벽한 사람을 만나고 싶다면 사실 인간을 만나서는 안 됩니다. 천사나 신과 같은 존재를 만나야 합니다. 그렇게 모두 다 갖춘 사람은 지구상에 없으니까요.

사랑에는 희열과 환희, 행복이 있는 반면에 눈물과 아픔, 이별과 상처 또한 숨어 있습니다. 행복이란 지극히 평범하고 소박한 것인데, 우리는 자꾸 행복을 화려하거나 특별한 것으로 생각합니다. 저 역시 그렇게 생각하며 살아온 건 아닌가 종종 되돌아봅니다.

언젠가 주례를 섰을 때 신랑과 신부에게 "부부싸움 할 건가요?"라고 물어보았습니다. 두 사람은 멈칫하더니 "안 하겠습니다"라고 대답했습니다. 저는 웃으며 이렇게 말했습니다.

"사귄 지 오 년 됐다고 했으니 싸울 만큼 싸웠다고 생각하겠지만, 지금까지 싸운 건 단지 연습한 겁니다. 결혼한 뒤부터 진짜 싸움이 시작되니까요. 부부싸움 하지 말란 얘기가 아니라, 싸우되 근본은 건들지 말고 싸우라는 겁니다. 집안, 학력, 외모는 물론이고, 특히 상대의 자존심은 건들지 말아야 합니다. 시시껄렁한 걸 가지고 싸우세요. 한쪽은 부지런하고 다른 쪽은 게으를 수 있습니다. 누구는 양말을 뒤집어 벗어 던져놓고, 누군 어지르고 늘어놓을 수 있고요. 치약을 위에서부터 짜거나, 수돗물을 콸콸 틀어놓고 흘려보내기도 합니다. 늦게 일어나고 늦게 자고, 밥 먹을 때 쩝쩝 소리를 내며, 짜게 먹거나 싱겁게 먹거나…… 이런 걸로 싸우면 두 사람의 삶이 점점 좋아질 수 있습니다."

주례사를 마무리하면서 저는 이렇게 힘주어 당부했습니다.

"사랑한다는 말을 연애할 때보다 자주 하고, 마음속으로는 오늘부터 내가 당신을 잘 견디며 살겠다고 다짐하세요."

취향과 성격이 다르고, 자라난 과정과 부모의 교육 방침이 각기 다른 두 사람이 한집에서 평생을 살 작정이면 사랑도 견디고

146

미움도 이겨내야 합니다.

●

요즘 젊은이들의 사랑법은 이전과 달라 옛날보다 부부 사이가 많이 평등해졌다는 걸 알 수 있습니다. 그러나 나이 든 분들은 아무래도 서툴곤 합니다. 그 시절의 풍속과 사랑법이 그랬으니까요.

한국 남성들은 예전부터 사랑한다는 말을 잘하지 못한다고 하지요. 우스갯소리가 생각납니다. 텔레비전 드라마에서 중년 남성이 상대 여성에게 사랑한다고 말하자 드라마를 시청하던 아내가 남편에게 "당신은 왜 나한테 사랑한다는 말을 안 해?" 하고 따졌답니다. 그러니까 남편이 "이십오 년 전에 결혼할 때 사랑한다고 말했잖아. 변동 사항 있으면 그때 가서 말할게"라고 했답니다.

대학원에서 강의할 때, 제자들에게 집에서 사랑한다는 말을 하느냐고 물은 적이 있습니다. 한다는 제자도 더러 있었지만, 대부분 안 한다고 했습니다. 그래서 "반드시 해야 하지요. '당신이 없으면 내 인생도 없어. 당신을 만나서 내 인생이 황홀해졌어. 다시 태어나면 지구 끝까지라도 쫓아가 당신을 다시 만날 거야'라고 말하세요"라 했더니, 차마 맨정신으로 못 할 것 같다고 말하는 제자가 있었습니다.

저는 곧 4월 1일이 되니까 아침에 일어나자마자 말해 보라고 했습니다. 만우절을 핑계로 사랑한다는 말을 하고 나면 쑥스러움 따위가 가실 수 있을 거라고 알려주었습니다.

다음 강의 때 제자 한 명이 이렇게 말했습니다.

"4월 1일이니까 장난처럼 해봐야지 했는데, 막상 하려니 입이 안 떨어지더라고요."

습관이 무섭다는 말이 있습니다. 늘 해버릇했으면 자연스러울 텐데, 해보지 않다가 갑자기 하려니까 쑥스러운 거겠죠.

강연 중에 "오늘 집에 가서 거울을 보고 이길 때까지 가위바위 보를 해보세요. 이길 방법이 있을까요?" 하면 모두 "이길 수 없어요"라고 합니다. "그러면 여러분은 가위바위보를 거울 보고는 안 하시겠네요?"라고 물으면 "이길 방법이 없는데 왜 하겠어요?"라고 대답합니다.

"곰곰이 생각해 보세요. 여러분이 결혼했다면, 배우자에게 이길 때까지 평생 마주 보고 가위바위보를 하고 있는 겁니다. 부부 싸움 없이 한집에서 살 수 있는 방법이 없는 것은 각자 생각이 다르고 상대에게 바라는 게 많기 때문입니다. 부부싸움을 하지 말라는 게 아닙니다. 부부가 싸우지 않고 평생 갈등 없이 늘 좋기만 하다면, 그건 사람이 아니라 물건끼리 사는 걸 겁니다."

이렇게 제가 말하면 사람들이 손뼉을 치기도 합니다.

"가끔 부부싸움을 하는 건 '부부 확인 증명서' 같은 겁니다. 그러나 선수가 심판을 겸임하고 싸우는 건 이길 때까지 거울 보고 가위바위보를 하는 것과 같습니다."

그렇습니다. 두 눈으로는 상대를 바로 보더라도, '마음의 눈'은 한쪽을 감아야만 합니다. 밉고 싫은 것을 보는 한쪽 눈은 감고, 좋고 사랑스러운 걸 보는 한쪽 눈은 뜨고 있어야 한다는 말입니다.

●

영화나 만화에서 해적 두목은 대부분 한쪽 눈에 안대를 하고 있습니다. 왜 그런 것 같습니까? 칼싸움을 하다가 눈을 다쳐서요? 멀리 있더라도 두목이라는 걸 빨리 알아차리라는 계급장 같은 거라고요? 험상궂은 모습이어야 부하들이 말을 잘 듣기 때문이거나…….

다 아닙니다. 해적 두목은 두 눈이 멀쩡합니다. 그런데 어째서 한쪽 눈에 안대를 하고 있을까요?

해적이 남의 배를 습격하면 반드시 선실을 뒤져야 물품을 뺏을 수가 있습니다. 그런데 고래기름으로 등을 켜던, 전등이 없던 시절에는 선실이 무척 깜깜합니다.

사람의 눈에 있는 망막세포 중에는 빛을 받아들여 색을 구별하는 원추세포와 명암을 감지하는 간상세포가 있습니다. 어두운 영화관에 들어가면 단번에 길을 찾기가 어렵듯, 어두운 선실에 들어가면 어느 정도 조응(調應)될 때까지는 사물을 분별할 수 없습니다.

그런 상태로 선실에 들어가면 숨어 있던 상대가 칼로 찌를 수도 있고, 낚시도구로 제압할 수도 있습니다. 그렇다고 부하를 먼저 들여보내는 것은 보스의 자세가 아닙니다.

이제 짐작하셨겠지요? 선실로 들어서는 순간 안대를 벗으면 바로 볼 수 있습니다.

연인과 부부는 물론이고, 좋아하는 사람끼리는 '마음의 한쪽 눈'을 슬쩍 감아주는 게 향기 나는 '사랑의 묘약'입니다.

천사가 가까이 계시니

　　여러 해 전 아들의 결혼식에 오신 축하객들에게 감사의
마음을 전하려고 『인생사용설명서』라는 수필집을 출간했습니다.
제 가슴이 뭉클했던 그 뒷얘기를 꺼내보려 합니다.

　아들의 결혼식을 앞두고 하객들에게 식사 대접만 하기 아쉬워
석 달 가까이 글을 썼습니다. 다행히 결혼식 전에 책이 나왔고,
결혼식 날 하객들에게 책을 선물로 드렸습니다. 그리고 이튿날
밤에 한 여성의 전화를 받았습니다.

　피아니스트로 활동했던 분인데, 어느 날 버스에서 내리다가 코
트 자락이 문틈에 낀 채 출발하는 바람에 오른손 손가락을 모두
잃는 사고를 당한 분이었습니다. 바쁘게 활동하던 그녀는 큰 충격

에 휩싸였고 결국 피아니스트의 길을 포기할 수밖에 없었습니다.

그녀는 결혼식에 참석했다가 선물 받은 책을 밤늦게까지 읽었다고 했습니다. 제가 겪은 얘기를 읽고 또 읽으며 마음을 가다듬고 정말 오랜만에 깊이 잠들었다고 했습니다. 그녀가 읽고 또 읽은 사연은 이랬습니다.

●

제 아버지는 어느 날 밤길에 홀로 어머니 산소에 가시다가 음주 운전자의 차량에 치여 돌아가셨습니다. 사고를 내고 도망가던 뺑소니 운전자는 택시 기사의 추격으로 붙잡혔습니다.

살아생전 아버지는 중풍으로 고생하셨지만 의료진의 정성과 가족들의 온갖 노력으로 지팡이 없이 걸을 정도로 좋아졌던 상태였기에 운전자를 향한 제 분노는 한없이 들끓었습니다. 겨우겨우 회복시켜 드린 과정과 아버지의 노력을 생각하니 뺑소니 운전자를 도저히 용서할 수 없었습니다.

사고 현장으로 저를 데려가는 친구에게 저는 "내가 감옥에 가는 한이 있더라도 결코 그를 그냥 두지 않겠다"라고 했습니다.

이튿날 이른 아침에 형사 두 분이 뺑소니 운전자를 데리고 왔습니다. 운전자는 부들부들 떨고 있었고, 제 눈을 쳐다보지도 못했습니다.

저는 두 주먹을 힘주어 쥐고는 그를 향해 한 걸음, 한 걸음 다가갔습니다. 그러고는 떨고 있는 운전자의 손을 잡고 저도 모르게 말했습니다.

"떨지 말아요, 떨지 마요."

그가 흐느끼기 시작했습니다. 저는 그를 끌어안았습니다.

"용서할 테니 떨지 말고, 울지 말아요."

그리고 형사에게 이 사람을 함부로 다루지 마시라며, 내가 아버지를 제대로 못 모신 탓이니 그리 알라고 했습니다.

이 글을 쓰는 지금도 제가 왜 느닷없이 뺑소니 운전자를, 제 아버지를 죽인 자를 그 순간 용서한다고 했는지 명료하게 설명할 길이 없습니다. 함께 있던 친구가 제게 "죽일 작정이라더니 만나자마자 쉽게 용서한다는 게 말이 되냐? 옛날부터 부모 죽인 원수는 대를 이어서라도 갚아야 한다고 했는데, 네가 유명하다고 이름값 하는 거냐!"며 저를 나무랐습니다.

그때 저는 할 말도 없고 가슴은 답답하고 머릿속은 텅 빈 듯했습니다. 아버지에게 큰 죄를 지은 것 같았습니다.

부음을 듣고 바로 달려온 스승께 저는 그 얘기를 했습니다. 스승께서 "하늘에 계신 아버님이 뭐라고 하실 것 같은가?"라고 물었습니다. 저는 망설임 없이 "우리 아버지라면 그냥 용서하라고 하셨을 것 같습니다"라고 대답했습니다. 스승께서 "그렇다면 자

네가 잘한 거네"라고 했습니다.

그 순간 가슴이 뻥 뚫린 듯했습니다. 나를 옥죄었던 쇠사슬이 스르르 풀린 느낌이었습니다.

●

이런 제 사연을 읽은 피아니스트가 말했습니다.

"선생님의 책을 읽고 그동안 수없이 미워하고 증오했던 그 버스 기사를 용서하기로 결심한 순간, 가슴속에 있던 무거운 쇳덩이가 싹 녹은 듯했습니다. 사고 이후 처음으로 마음 편히 잠들 수 있었습니다. 고마운 마음 전하려고 전화드렸습니다."

저도 뭉클한 마음에 이렇게 말했습니다.

"천사가 제 가까이 계시니 저도 행복하고 살맛 납니다."

그렇습니다. 천사는 멀리 있지 않습니다. 남을 사랑하고 용서하는 순간 그 사람은 천사가 됩니다.

강연 중에 이런 얘기를 했더니 한 분이 손을 들고 물었습니다.

"사랑하지 않고 용서하지 않는 사람은 뭡니까?"

저는 소리 내어 웃으며 답했습니다.

"그런 사람은 그냥 보통 사람입니다. 저도 보통 사람일 때가 훨씬 많습니다."

사람들이 따라 웃은 뒤에 저는 덧붙여 말했습니다.

"나를 욕하거나 미워하고 시기하는 사람이 있어서 그를 미워했더니, 그가 죽거나 망해버렸다면 나는 보통 사람이 아니라 하느님급이겠지요. 내가 아무리 누굴 미워한다고 해도 그 사람은 죽지 않고, 나에게 암세포 같은 게 생기고 인생의 재미도 없어집니다. 그 사람은 멀쩡한데 말입니다. 이렇게 되면 내가 그 사람의 노예로 사는 꼴입니다. 그래서 저는 '에라, 용서해 버리고 주인답게 살자'고 다짐한 겁니다. 그를 위해서가 아니라 나 자신의 화평을 위해서 말입니다."

용서해 달라는 그 어려운 말

인터넷에서 제 이름 '김홍신'을 검색하면 '몰래카메라 레전드 김홍신'이라는 영상이 뜨곤 합니다. 유튜브나 소셜미디어에서도 종종 볼 수 있습니다.

개그맨 이경규 씨와 배우 최수종 씨가 진행하던 '몰래카메라'는 MBC TV 간판 프로그램인 〈일요일 일요일 밤에〉의 한 코너로 당시에 선풍적 인기를 끌었습니다. 연예인뿐 아니라 이름이 많이 알려진 사람들을 대상으로 엉뚱한 상황을 설정해 그들을 놀라게 하고 다소 우스꽝스러운 그들의 모습을 시청자들에게 보여주는 프로그램이었습니다.

일요일 저녁, 그 당시 얼추 2천만 명이 본다는 '몰래카메라'에 출연한 저는 전 국민의 우스갯감이 되었습니다. 하지만 기분이 나쁘지 않았습니다. 수많은 사람들이 저를 보고 배를 잡고 웃었다는 사실이 좋았습니다. 잘난 척하던 제가 어리숙하게 속아 넘어가는 모습이 제가 봐도 재미가 있었습니다.

●

남을 즐겁게 하는 '몰래카메라'는 그렇게 웃어넘길 수 있었지만, 정말로 몰래 괴롭히는 카메라에 마음고생을 한 적도 있습니다. 그런 몰래카메라는 마땅히 사라져야 합니다.

한참 전이지만, 유리로 지은 집에서 사는 듯한 황당한 일을 겪은 적이 있습니다.

제 딴에는 좋은 소리를 들으려고 이리 뛰고 저리 달리던 국회의원 시절이었는데, 국가정보원에서 제 휴대폰을 도청한 사실을 우연한 기회에 알게 되었습니다. 누군가가 도청 사실을 알려주었을 때만 해도 '설마, 민주 국가에서 그럴 리 없을 거야'라고 생각했습니다.

그러나 건네받은 자료를 읽어보면서 몹시 놀랄 수밖에 없었습니다. 자료 속 통화 내용과 말투가 저와 똑같았습니다. 저 혼자만 당한 게 아니었습니다. 우리나라 민주화의 상징으로 평가 받는 이부영 의원도 당했으며, 또 홍준표 의원 역시 저와 같은 피해자가 되었습니다. 저의 보좌관까지 당했기에 저로서는 분노할 수밖에 없었습니다. 우리는 국회에서 국정원의 만행을 공개했고, 국정원을 검찰에 고발했습니다.

법적으로 조치를 취하긴 했지만 불쾌하고 불편한 기분은 사라지질 않았습니다. 유리로 지은 집에서 먹고 자고 씻고 화장실 다니는 것은 물론, 부부싸움 하고 아이들과 실랑이하며 친구들과 술자리에서 점잖지 않게 장난치고 농담한 것까지 다 들통났다고 생각해 보세요. 갑자기 살맛이 안 날 수밖에 없다는 걸 짐작할 수 있을 겁니다. 한마디로 말하면, 자유가 박탈된 채 유리 상자에 갇힌 느낌입니다.

과학이 발전한 만큼 옛날과 달리 지금은 우리를 감시하는 눈이 많아졌습니다. 더구나 블랙박스나 CCTV 같은 장비가 도처에 있기에 우리 모습은 상시 노출될 수밖에 없습니다.

물론 그렇다고 우리가 그런 도구 앞에서 주눅 들거나 겁먹지 않습니다. 나쁜 행동을 하지 않기 때문입니다. 나쁜 짓을 하려는 자들에겐 그런 장비가 감시 도구로 인식될 수밖에 없습니다.

설마 그럴 리 없겠지만, 만약 안방이나 거실 또는 화장실에 누군가가 몰래 설치한 카메라가 발각되었다면, 그 집에 사는 사람의 심정은 어떨까요?

더구나 몰래카메라로 찍은 영상이 다른 사람에게 전달되었다고 상상해 보세요. 찍힌 줄 몰랐을 때는 아무렇지 않겠지만, 찍힌 걸 알았을 때는 정말 괴로울 겁니다. 몰래 찍힌 자신의 모습을 많은 사람이 본 걸 알았을 때는 자유가 박탈되고 구속된 자의 심정이 될 수밖에 없습니다.

또 지금 사용하고 있는 휴대폰을 누군가 도청하고 있다면 기분이 어떨지 생각해 보세요. 도청되는 걸 확인한 순간부터 오만가지 걱정이 머릿속을 지배합니다.

내가 누구한테 무슨 말을 했는지, 혹시 부적절한 말을 한 건 아닌지, 나 때문에 지인들이 피해를 보지 않을지, 뒷조사를 해서 내 약점을 찾는 건 아닌지…… 등등 불길한 생각에 휩싸이게 됩니다.

●

국정원 고발 사건의 결과는 예상한 대로 '무혐의, 증거 없음'이었습니다. 평소의 제 말투 그대로 주변 사람들과 주고받은 이야기를 도청한 자가 증발해 버렸습니다. 물증은 있으나 도청한 자가 없다고 하니 어이가 없었습니다.

저는 그 사건을 제 인생을 갈고닦는 디딤돌로 삼자고 생각했습니다. '그렇게 제 일상을 샅샅이 뒤져보아도 잡아 가둘 짓은 하지 않았다는 걸 알려준 것'이라고 생각하기로 했습니다.

저는 이름과 얼굴이 비교적 일찍 널리 알려졌기에 매사에 조심하는 버릇이 생겼습니다. 건방지다거나 잘난 척한다는 소리를 듣지 않으려고 고심하기도 했습니다.

그렇다고 어찌 모든 사람에게 좋은 소리만 들었겠습니까. 그래도 저는 애써 좋은 소리를 듣고 싶어 옷매무새나 마음가짐을 가다듬었습니다.

그러니 이제부터 더욱 마음을 다잡고 부끄럽지 않게 매사 조심해야겠다고 다짐했습니다. 가족이나 이웃, 지인이나 사회에서 만난 사람들을 바르게 대하라는 경고를 받았다고 생각했습니다. 더 노력하라는 일침이기도 했습니다. 혼자 있을 때는 물론이요, 어떠한 경우에도 말을 조심하라는 충고이기도 했습니다.

뿐만 아니라 제 과거와 현재를 돌아보고 반성할 일에는 고개를 숙이고, 잘한 일에는 그렇게 키워주신 부모님과 시절인연 잘 맺은 분들께 마음 조아렸습니다.

어떤 상황에서건 뚜렷한 주관을 갖고 자유인으로 살자는 다짐도 했습니다. 그러니 도청으로 인한 피해는 오히려 저를 성장시키는 양식(糧食)이 되었습니다.

정권이 바뀌고 국정원의 도청은 마침내 사실로 밝혀졌습니다. 국정원장 두 명과 국정원 2차장 두 명이 함께 구속되었습니다. 그때 우리를 도청한 적이 없다고 했는데 정권이 바뀌자 사실이 밝혀졌습니다.

세상사 괴이쩍은 일이 어디 한두 가지랴만 이런 꼴을 직접 당한 사람으로선 당약(瞠若)할 수밖에 없었습니다. 그러나 도청된 것에 주눅이 들면 억울한 피해자로 남을 뿐이지만, 그것을 제 인생의 디딤돌로 삼으면 자유인으로 살게 된다는 걸 알아차렸기에 이런 글도 쓸 수 있게 되었습니다.

세월이 지나 제 도청 사건에 연루된 전직 국정원장 중 한 사람이 고향에서 국회의원 선거에 출마했습니다. 저는 기꺼이 달려가서 부족한 힘이나마 보태었고, 그분이 결국 당선되었습니다.

사실 그렇게 하게 된 계기가 있습니다. 그분이 석방된 뒤에 어떤 일로 만나게 되었는데, 제가 아무 말도 하지 않았음에도 그분이 먼저 "미안합니다. 너른 마음으로 혜량해 주십시오"라고 했습니다.

시간이 꽤 지났으니 잊은 척하거나 모른 체해도 그만이었을 텐데, 묻거나 따지지도 않았는데 그분이 먼저 화해의 손길을 내밀었습니다. 저보다 윗사람인데 아랫사람인 저에게 '혜량'이란 말을 건네며 용서해 달라고 하는 그분의 마음을 저는 기꺼이 받아들였습니다.

'용서해 달라'는 말은 결코 하기 쉬운 말이 아닙니다. 보복을 당하거나 손해 보거나 처벌 받게 될 것 같은 때에는 그 상황을 모면하기 위해 그렇게 말할 수도 있습니다. 하지만 그렇지 않은 때엔 '용서해 달라'는 말을 마치 '무조건 백 퍼센트 내 잘못으로 인정하고, 어떤 징계도 받아들이겠다'는 굴복의 의미로 생각할 수도 있기 때문입니다.

1979년 비상계엄령이 선포되었을 때 저를 잡아갔던 사람도 제게 용서해 달라고 한 적이 없습니다. 도청 사건에 연루되었던 또 한 명의 전직 국정원장도 이후 여러 번 만났지만 제게 미안하다는 말을 한 적이 없습니다. 제 자식들을 유괴하겠다고 겁박했던 자도 아직까지 사과한 적이 없습니다.

곰곰이 생각해 보니, 저도 '용서해 달라'는 말을 참 많이 아끼며 살아왔습니다. 만약 용서가 없었다면 인류가 존재할 수 있었을까요?

부모님이 제 잘못된 행동을 용서하지 않았다면 저는 어찌 되었을까요? 그동안 실수하거나 잘못한 게 많았을 텐데 용서받지 못했다면 또 어찌 되었을까요?

제가 지금까지 살아 있을 수 있는 이유를 딱 두 단어로 요약한다면 바로 '사랑과 용서'입니다.

살아 있는 사람은 물론이고 이미 떠난 사람들도 모두 '사랑과

용서' 덕분에 산 것입니다. 사랑이 없었다면 태어나지도 않았고,
용서가 없었다면 생존할 수 없었을 테니까요.

세상은 아직 살 만합니다

40대 중반, KBS 라디오에서 〈안녕하세요, 김홍신 김수미입니다〉를 진행할 때였습니다. 자연농원, 지금은 에버랜드라고 불리는 놀이동산에서 공개 방송을 했습니다. 방송을 마친 뒤 제 어린 자식들과 재미있게 놀다가 집으로 가던 중에 언덕길에서 앞차와 부딪쳤습니다.

분명 제 실수였고, 앞차의 뒷부분에 흠집이 생겼습니다. 새 차였는데, 그 시절의 국산 차 중에 제일 비싼 승용차였습니다. 저는 종이에 제 집 전화번호와 주소를 적어 내밀며 "연락 주시면 모든 수리 비용과 대차비를 보내드리겠습니다"라고 했습니다. 운전대를 잡은 신사분은 그러겠노라며 출발했습니다.

그날 밤부터 며칠 동안 전화를 기다렸지만 아무 소식이 없었습니다. 제가 진행하는 방송에 그 사연을 소개하며 소식을 기다렸고, 다른 프로그램 진행자에게 부탁하여 소문을 내봤지만 30년이 지났어도 끝내 연락이 없습니다.

●

얼마 지나지 않아 아내와 함께 결혼식장에 가느라 역삼동 언덕의 신호 대기선에 멈추었는데, 뒤에서 승용차가 빠르게 달려와 제 차를 들이받았습니다. 운전하던 중년 여성은 강아지를 안고 내려 죄송하다며 사과했습니다. 강아지 발톱을 깎다가 살점을 베어 동물병원에 가는 중에 큰 실수를 했다며 보상하겠다고 했습니다.

그때 제 머릿속에 떠오른 것은 얼마 전 그 신사였습니다. 이참에 신세를 갚아야 제 마음이 편하겠기에 "없던 일로 하지요. 강아지 치료 잘 하세요" 하고 헤어졌습니다.

어느 날 지인의 사무실을 방문해 지하 주차장에 차를 세워두고 두어 시간쯤 후에 주차장으로 갔더니, 제 차 앞 유리창에 쪽지가 놓여 있었습니다. 주차하다가 제 차를 긁었다며 연락처를 남겼습니다. 운전석 쪽 문에 긁힌 자국이 선명했습니다.

트렁크에 넣어두었던 약품을 걸레에 묻혀 닦아봤지만 자국이

그대로 남았습니다. 쪽지를 다시 읽으며 예전의 그 신사를 떠올렸습니다. 얼른 볼펜을 꺼내 쪽지에 이런 글을 써서 옆 자동차의 유리창 와이퍼에 눌러놓았습니다.

'나중에 남이 차를 긁어 흠집이 생기면 한 번쯤은 없던 일로 생각하고 웃어주세요.'

주차장을 빠져나오며 저는 기분 좋게 웃었습니다. 승용차를 가져본 사람들은 압니다. 시간이 흐르면 흠집이 생기고 수리하거나 도색을 하기 마련입니다.

인생도 세월 따라 흠집이 생기고 수리할 일이 생기곤 합니다. 작은 흠집은 잘 닦아 쓰고 큰 흠집은 수리를 해야 합니다. 남이 건드려 생긴 흠집이건 내가 만든 흠집이건 닦고 수리할 책임자 는 자신입니다.

제 차에 흠집을 낸 사람이 나중에 다른 차에 긁혔을 때, 저처 럼 웃었는지 모르겠습니다. 그러나 그날 저는 저 자신이 기특했 습니다.

●

그리고 한참 뒤, 2022년에 특별 초청을 받아 로마에 가서 교황 님을 알현하게 되었습니다. 귀하고 특별한 시간을 보내고 귀국한 다음 날 저녁, 장례식장 가는 길에 앞차를 들이받았습니다. 앞차 의 뒷부분에 작은 흠집이 생겼습니다.

길이 막히는 시간이라 서로 양해하고 차를 옮겼습니다. 저는 명함을 건네며 "반드시, 꼭 연락해 주세요. 흠집이 작지만 수리비 를 드리겠습니다"라고 했습니다.

하루, 이틀, 사흘…… 지금까지도 연락하지 않았습니다. 그 사 람에게 무슨 사연이 생겼는지 모르지만, 세상은 아직 살 만하다 는 생각을 어찌 하지 않을 수 있겠습니까.

지옥이 어디에 있는지 알아요?

제 책상 앞에는 붓글씨로 쓴 글이 걸려 있습니다.

'사랑과 용서로 짠 그물에는 바람도 걸린다.'

'가장 아름다운 복수는 용서.'

바람은 그물에 걸리지 않는다지요. 그러나 사랑과 용서로 짠 그물에는 바람도 걸릴 거라고 생각합니다. 인류를 존재하게 한 존엄한 가치가 바로 사랑과 용서니까요.

제가 읽은 글 중에 이런 이야기가 있습니다. 1995년, 서울 어느 대학교 정문 근처에 철제 고물이 놓여 있었습니다. 어둑해질 무렵 근처에 사는 막벌이꾼 두 명이 그걸 리어카에 싣고 동네 고물상에서 2만 1,500원을 받고 팔았습니다.

이튿날, 대학교에 비상이 걸렸습니다. 막벌이꾼들이 가져간 것은 버리려고 정문 근처에 내놓은 고물이 아니라 다른 지역 캠퍼스로 옮기려던 조각작품이었기 때문입니다. 바로 미술대학 교수의 작품이었습니다. 작품 가격은 3천만 원이었습니다.

도난 신고를 받은 경찰이 추적 끝에 잃어버린 조각상을 찾았는데, 아뿔싸, 부피가 크니까 고물상 주인이 토막을 냈습니다. 막벌이꾼 눈에는 조각작품이 아니라 버리려고 내놓은 고물로 보였다고 했습니다. 남의 작품을 팔아버린 막벌이꾼들과 장물아비가 되어버린 고물상 주인은 과연 어떤 처벌을 받았을까요?

대학교 측은 회수한 조각작품을 다른 지역 캠퍼스로 옮길 때 막벌이꾼과 고물상 주인을 데리고 갔습니다. 조각작품을 보수하고 설치하는 일을 세 사람이 거들게 해서 철제 고물이 아니라 예술품이라는 걸 알게 했습니다. 그리고 경찰과 협의하여 처벌도 하지 않고 변상도 받지 않은 채 그들을 돌려보냈다고 합니다.

참 따스한 인간미가 아닐 수 없습니다. 용서 받은 쪽의 뒷이야기를 전해 듣지 못했지만, 아마 오랜 시간 고마움을 간직하며 살았을 테고, 가족과 친지에게 대학교의 처사를 칭송했을 것 같습니다.

1987년 9월 3일 오후 2시 30분경, 붉은 호랑이파 20대 강도 세 명이 저희 집 뒷문으로 침입했습니다. 아내와 아들, 유치원생 딸과 도우미 아주머니, 아이 돌보미와 화장품 외판원 두 명 등 모두 일곱 명을 넥타이로 묶고, 곧 결혼하는 제 여동생의 혼례 비용으로 쓰려던 400여만 원의 수표와 현금을 강탈했습니다.

저는 대학에서 2학기 첫 강의를 마치고 집에 전화를 걸었다가 강도 당했다는 말을 듣고 혼비백산했습니다. 집에 오는 길에 교통신호를 무시하며 내달렸습니다.

강도가 이웃 동네 주택가에서 방송국 아나운서의 집을 털고 우리 동네 가게에서 저희 집을 수소문한 사실 이외엔 경찰이 어떤 실마리도 찾지 못했습니다.

신문사와 출판사의 원고료 지불 명세의 수표를 추적해서 조흥은행과 주택은행이 발행한 수표의 번호를 확인했습니다.

은행감독원에 확인한 결과, 그중 10만 원권 한 장이 범행 당일 인천에서 가명으로 사용됐다는 것을 알게 되었습니다. 경찰은 빼앗긴 수표라도 건지자며 지불 정지를 요청하자고 했지만, 저는 "돈을 잃더라도 강도는 꼭 잡겠습니다. 제 가족을 겁박하여 공포에 떨게 한 범행을 응징해야지, 돈과 바꿀 수 없습니다"라고 했습니다.

사건이 발생한 지 8일이 지나자 강도들이 안심했는지, 아니면 수표 번호를 확인하지 못했을 거라고 생각했는지, 인천에서 수표 스물네 장을 현금으로 교환했습니다. 경찰은 추적끝에 강도 세 명을 잡았습니다.

사건은 1987년 9월 18일 자《경향신문》사회면 머리기사로 세상에 알려졌습니다. '인기 작가는 명탐정/ 인간시장의 김홍신 씨/ 미궁 추적 보름…… 강도 잡아'라는 제목으로 사건이 다루어졌습니다.

돈을 잃더라도 제 생각대로 강도를 추적하고 소설을 쓰겠다고 우긴 덕입니다. 저는 그 사건을 소재로 1989년 5월에 장편소설 『벌거숭이들』을 출간했습니다.

범인을 잡았을 당시 저는 가족과 친지, 이웃과 경찰의 반대에도 불구하고 강도 세 명을 저희 집 거실로 불렀습니다. 저희 가족을 묶어놓고 겁박한 현장에서 용서를 받고 싶었습니다.

형사 두 분이 제 부탁대로 수갑을 풀어주었고 강도 세 명은 무릎을 꿇었습니다. 그들은 용서를 빌었고 다시는 죄짓지 않겠다고 맹세했습니다. 그들이 일어나는 순간 저는 뜬금없이 이렇게 물었습니다.

"지옥이 어디에 있는지 알아요?"

강도 중 한 명이 작은 소리로 대답했습니다.

"제 마음이 지옥이었습니다."

그렇습니다. 죄짓고 가면 쓴 자들은 지옥에서 사는 겁니다. 언제 들킬지 모르지만 반드시 들킬 것이기에, 가면이 벗겨졌을 때 드러날 추악한 자신의 모습을 불안해하며 사는 건 지옥에 사는 것과 마찬가지입니다.

당장은 돈이 생겨 좀 여유로웠을지 모르지만 그런 인생은 악취 진동하는 썩은 인생입니다. 천당행과 지옥행은 내 마음과 행동에 따라 결정되는 것입니다.

최인호 형에 대한 추억

소설가로 등단하고 얼마 되지 않았을 때입니다. 인기 절정의 선배 작가들에 대한 시샘과 젊은 치기가 스멀스멀 기어 올라왔습니다.

그 시절 최인호 선배는 수많은 문학도에게 부러움의 대상이기도 했지만, 질시의 대상이기도 했습니다. 늦깎이 작가인 저도 최 선배를 시샘했습니다. 한 시대의 걸물인 최인호의 문학적 재능에 대한 시기 질투가 어찌 없었겠습니까. 그만큼 소설을 쓸 재간이 없고 그의 인기를 능가할 자신도 없었으니까 더욱 그랬습니다.

세월이 흘러 제가 장편소설 『인간시장』으로 유명해진 뒤, 어느 문학상 심사위원으로 초대되어 최 선배와 함께 심사를 하게 되었습니다. 불과 얼마 전까지 최 선배의 뒷담화를 했던 저는 마음이 편치 않아 심사하다 말고 최 선배에게 고백했습니다.

"얼마 전까지 선배님을 부러워하다 끝내 비판까지 했습니다. 저를 용서해 주세요."

최 선배는 곱게 웃었습니다. 그리고 저를 감싸 안고 등을 토닥거리며 말했습니다.

"나를 비판했다고 용서해 달라고 한 사람은 김 선생이 처음이오."

심사를 마치고 우리는 술을 마셨습니다. 분위기가 무르익자 최 선배가 "나를 선배라 부르지 말고 의형제를 맺자"고 해서 우리는 평생 형과 아우로 정을 쌓으며 살았습니다.

인호 형은 제가 유명세로 시샘과 질투를 견디기 어려워할 때 견디는 방법을 일러주었습니다. 모진 질시에 지쳐 차라리 유학을 가겠다고 했을 때도 제 마음을 다잡아주며 대학원에 진학해서 마음을 분주하게 만들면 이겨낼 수 있다는 가르침을 주기도 했습니다.

●

그런 인호 형이 한때 공황장애로 마음고생을 했습니다. 마음을 다스리기 위해 성당에 가보자고 했더니 여러 번 거절 끝에 "나를 한번 꼬셔보라"고 했습니다. 그래서 저는 "교육보험이랑 생명보험,

자동차보험 들었어?"라고 했습니다. 인호 형은 "들을 수밖에 없잖아"라고 대답했습니다.

"형, 영혼 보험이랑 정신 보험은?"

"그런 보험도 있나?"

"종교를 어렵게 생각하지 말아요. 마음 편하게 그냥 영혼 보험이랑 정신 보험이라고 생각해요."

"그거참, 말 된다."

인호 형이 성당에 가겠다고 해서 저는 부지런히 뛰어다니며 제가 다니던 서초성당에서 인호 형과 형수가 세례를 받게 했습니다. 나이 어린 제가 대부가 될 수는 없어서 시인인 김형영 선배가 대부가 되었습니다. 인호 형은 저를 장난스럽게 '부대부님'이라고 불렀습니다.

인호 형이 세례를 받은 후 사람이 변했다는 소문이 돌자, 이어령 선생님께서 "인호가 영세하고 저렇게 변했으니 어찌 소설을 쓸까 걱정"이라고 하셔서, 제가 "형은 금방 세수하고 나온 아이같이 맑아졌으니 더 좋은 소설을 쓸 것 같습니다"라고 했습니다. 제 예측이 맞았습니다. 인호 형은 영세 이후에 『상도』나 『유림』 같은 걸작을 남겼습니다.

제 아들이 어렸을 때부터 주례를 약속했던 인호 형이 침샘암 수술로 주례를 설 수 없게 되자, 주례 서지 않기로 소문난 이어령 선생님께서 흔쾌히 대신해 주셨습니다.

이쯤에서 아들 녀석 얘기를 잠깐 하겠습니다. 녀석이 평판 좋은 기업의 필기시험에 합격하고 최종 면접을 볼 때, 제 열성 팬이었던 회사의 총무이사께서 마지막 질문으로 "가장 존경하는 작가가 누굽니까?"라고 물었답니다.

면접관의 질문 의도를 모를 리 없는데 아들 녀석은 즉시 "최인호 선생님입니다"라고 대답했습니다. 총무이사는 "왜 그렇습니까?"라고 되물었습니다. 녀석은 진지하게 "장가갈 때 주례 서주시기로 약속했고, 선생님 댁에 놀러 가면 맛있는 것도 주시고 용돈도 주셨습니다"라고 답했습니다.

제가 의식주며 학비와 용돈까지 다 챙겨주었고 인호 형은 어쩌다 몇 번 챙겼을 뿐인데, 녀석은 그렇게 말했습니다. 총무이사께서 다시 물었습니다.

"나는 김홍신 선생님을 존경하는데, 그분은 어떻습니까?"

녀석은 숨도 안 쉬고 즉시 이렇게 대답했습니다.

"같이 안 살아보면 몰라요."

●

인호 형은 오랜 투병 끝에 먼저 세상을 떠났습니다. 형이 그리도 사랑했던 딸 다혜 양이 장례식장에서 제게 말했습니다.

"홍신 아저씨가 제 이름을 『인간시장』에서 멋지게 사용해 주셔서 고마웠어요."

대한민국 최초의 밀리언셀러 장편소설 『인간시장』의 여자 주인공 이름은 인호 형의 딸 이름과 같은 '다혜'입니다.

여주인공 이름을 예쁘게 지으려고 궁리 끝에 정한 이름이 우연찮게 '다혜'였습니다. 가끔 인호형은 "내 딸 이름 사용료 내라"고 했고 저는 "형 딸을 멋진 여자로 만든 공로 비용 달라"는 농담을 하곤 했습니다.

제가 그날 형에게 용서를 빌었기에 우리는 아름다운 시절인연을 맺을 수 있었습니다. 지금도 가끔 '용서'라는 단어만 보면 그 시절이 떠오르곤 합니다.

조선 여자 울 엄니

어렸을 때 어머니에게 "나를 어떻게 낳았어?"라고 물으면 "다리 밑에서 주워 왔다"고 했습니다. "어느 다리에서 주워 왔어?" 하면 "미나다리 밑에서"라고 했습니다.

저희가 살던 동네에서 멀지 않은 논산시 강경읍에 유형문화유산인 '미내다리'가 있습니다. 어머니는 그 다리를 '미나다리'라고 불렀습니다. 제가 말을 잘 듣지 않거나 속을 썩이면 "미나다리 아래에 있는 느이 엄마에게 데려다준다"고 겁을 주기도 했습니다. 세월 지나 철이 조금 든 뒤에 "다리 밑에서 주워 왔다"는 어머니의 기막힌 '출생 야화'를 떠올리며 웃었습니다.

제 어린 시절만 해도 남편은 바깥일, 아내는 집안일을 했기에 자식 가르치고 챙기는 것은 어머니의 몫이었습니다. 그래서 아버지에 대한 이야깃거리는 적은 대신, 어머니에 대한 기억은 꽤나 많습니다.

●

저는 청년 시절, 학훈단 후보생 훈련을 받고 육군 소위 계급장을 달았습니다. 보병학교에서 16주 동안 드센 훈련을 받았습니다. 젊은 육체인데도 장교 훈련은 혹독했습니다.

그중 가장 모진 훈련은 '유격훈련'이었습니다. 어느 날 훈련 중 교관이 휴식 시간에 노래를 시켰는데, 모두 시큰둥했습니다. 너무 혹독한 훈련이 기다리고 있으니 흥이 날 수가 없었습니다.

그런데 누군가 한순간에 훈련병 모두의 울음보를 터뜨렸습니다. 훈련생 중에 지방 방송국의 전속 가수였던 사람이 노래 가사에 있는 '어머니'를 목이 터져라 외쳐 불렀기 때문입니다.

한두 명 울기 시작했고 점점 울음소리가 번지더니 결국 훈련병 모두 소리 내어 울었습니다. 교관도 눈물을 훔쳤습니다. 놀라운 것은 그다음이었습니다. 그 고되고 징글징글한 훈련을 모두 거침없이 견뎌낸 겁니다. 놀라운 '어머니의 힘'이었습니다.

제가 어릴 적에 큰집에 자손이 없었습니다. 문중 어른들은 둘째인 저희 아버지가 낳은 저를 큰아버지의 양자로 들여야 한다고 했습니다. 아버지는 입을 닫았지만 어머니는 결사반대였습니다. 그 바람에 어머니는 집안에서 미운털이 박혔지요. 그때 어머니는 저를 억척스럽게 잘 키워서 어른들께 보란 듯이 내세우겠다는 오기를 품은 것 같습니다.

저는 집안 어른들께 감히 대거리를 해서 미움받았던, 외아들을 둔 어머니의 심정을 헤아려보고 싶었습니다. 어머니를 떠올리며 제 시작(詩作) 공책에 쓴 시 한 편을 소개하겠습니다. 남들이 보면 참 극성스럽다고 하지만, 저는 그 시절 어머니의 두둑한 배짱을 떠올리곤 합니다. 제가 동네에서 꽤 오랫동안 꼬마대장 노릇을 할 수 밖에 없었던 얘깃거리이기도 합니다. 누가 감히 저를 건드렸겠습니까.

제가 쓴 시를 어머니가 하늘에서 보면 소리 내어 웃으시겠지요.

조선 여자 울 엄니

우리 어릴 적엔 동네 사람들이 죄다 종씨 아니면 사돈의 팔촌 쯤 되었지. 종씨네는 아들만 다섯인데, 우리는 달랑 탱자보다 작은 방울 달고 나온 내가 외아들이어서 울 엄니는 기를 펴지 못했네. 큰댁에 자손이 없어 나를 큰아버지 호적에 양자로 올리라는 문중 어른들 호령에도 울 엄니가 어금니 물고 두 다리 쭉 뻗는 바람에 풍파 그칠 날 없었네.

국민학교 3학년 여름날, 내가 종씨네 막내를 때린 탓에 그 집 다섯 형제가 떼로 몰려와 손찌검을 하였으니 코피 흘린 내 모습은 영락없는 패잔병일밖에.

울 엄니는 학교 운동장 아름드리 플라타너스에 나를 새끼줄로 칭칭 감아두고 짚방석 위에 가부좌를 튼 채 움쩍하지 않았네. 동네 사람들이 달래고 말려도 울 엄니는 은진미륵처럼 옴짝달싹하지 않았네. 그러다가 느닷없이 구경 나온 동네 사람들에게 "서방질을 해서라도 아들 하나 더 낳겨"라며 눈물을 주르륵 흘렸네.

세상에나, 어린 소견에도 그게 무슨 청천벽력 같은 소리인지 짐작하고 진저리를 쳤네. 사지 멀쩡한 우리 아부지 두고 울 엄니가 넋 나간 소리를 한다냐. 아무리 배꼽으로 날 낳았고 미나다리에서 주워 왔다지만 그게 무슨 소리인지 내가 모를까.

끝내 종씨네 다섯 형제가 구경꾼들 앞에서 울 엄니한테 엎어져 빌며 다시는 손찌검하지 않으마 맹세한 연후에 새끼줄을 풀었네. 그때부터 우리 동네에서 누가 감히 나를 건드렸것슈. 괜히 꼬마대장 노릇한 게 아니란 말유.

당목치마가 서걱서걱 소리 나게 사내처럼 걷는 엄니 따라 걸으며, 아픈 콧잔등이보다 저리 곱게 쪽진 울 엄니가 남몰래 보리밭 이랑에라도 들어가면 어쩌나 싶어 오금이 저렸네.

아니나 다를까, 내 밑으로 내리 세 명이나 애를 낳았는데 낳는 족족 딸자식이어서 사주팔자 어긋난 서방 잘못 만난 탓을 했네. 철 덜 든 자식놈이 속을 썩이면 "제발 느이 아부지 좀 닮지 마라, 속 터져 죽겠다"라고 한 걸 보면 우리 아부지가 반쯤 한량이었나 모르겠네. 엄니가 저승 행차하자 울 아부지가 눈물범벅이 되어 우는 걸 평생 처음 봤어유. 그래도 아부지 닮지 말까유.

아들 하나 있는 거 보란 듯이 키워 문중 어른들 납작코 만들 요량으로 계꾼 모아 왕주 노릇을 하며 자식놈 대학까지 보냈지만 재산 다 날린 건 그놈의 계 탓이었네.

세월 흐른 뒤, 병상에 누워 수삼 년간 하늘을 두고 맹세코 계 따위는 결단코 다시는 아니 하마고 북북 우기더니 울 엄니 이승 하직한 뒤에 나는 무슨 복을 타고났는지 엄니가 이미 타 먹은 쌀계와 두 개의 곗돈을 한동안 도깨비에게 바치듯 했네.

그렇거니 울 엄니는 베개 속에 금가락지와 은비녀와 새끼손톱만 한 금돼지를 감춰두었으니 종내 악착스럽게 외아들 챙긴 양반이여.

울 엄니는 지금도 하늘에서 더러 텔레파시를 보내 "이눔아, 나는 앉아서 구만리를 본다. 정신 똑바로 차리구 살어"라고 할 텐데. 엄니, 이제 자식 걱정 그만하고 편히 쉬셔유.

5장

창작의 열정이
우리를 살게 한다는 것을

문학을 향한 끝없는 순애보

여든을 바라보는 나이에도 왜 소설가가 되었느냐는 질문을 받을 때가 있습니다. 짧게 대답할 때는 '그냥 좋아서'라든지 '정년이 없어서', '교과서에 이름 올린 작가들처럼 유명해지고 싶어서', '책을 좋아해서', '팔자가 그래서' 같은 단순한 대답을 하곤 합니다. 그러나 곰곰 생각해 보면, 소설가가 될 수밖에 없는 여러 가지 사연이 떠오릅니다.

1952년이었습니다. 아직 6·25전쟁이 끝나지 않았을 때, 어머니는 다섯 살짜리를 유치원에 보냈습니다. 당시 제가 다니던 성당은 파리외방전교회 소속이었는데, 베드로 주임신부님은 유럽 만화책『땡땡』의 말풍선 속 내용을 한글로 바꾸어 붙여주셨습니다. 유치원에서 한글을 배운 저는 만화책들을 읽고 흠뻑 빠져들었습니다.

전쟁 중이라 우리나라에 만화책은 물론이고 어린이가 읽을 만한 책이 거의 없을 때였습니다. 저는 사제관의 빈방이나 복도에서 신부님이 주신 만화책을 보는 재미에 시간 가는 줄 몰랐습니다. 국민학생 때는 신부님이 추천해 주신 데다, 라틴어 시험에 합격하여 성스러운 미사를 돕는 복사가 되었습니다. 그 바람에 신부님에게 예쁨을 받았습니다.

그때부터 어머니와 '만화 전쟁'이 시작되었습니다. 그 시절만 해도 대부분의 어른들은 만화 보는 걸 공부하지 않고 딴짓하는 거라고 여겼습니다. 저는 만화책을 사거나 빌리기 위해 온갖 잔꾀를 부렸고 어머니는 책을 찢어 불쏘시개를 하거나 빼앗아 버리기를 반복했습니다.

그럴수록 저는 더욱더 만화책에 매달렸지만 어머니를 당해낼 수가 없더군요. 결국 빼앗긴 만화책 대신 동화책이나 어른들이 보던『춘향전』『심청전』『흥부전』따위를 읽기 시작했습니다. 뜻도 모르면서 신부님이나 동네 어른들이 읽던 책을 두루두루 읽었습니다.

신기하게도 책을 읽을수록 더욱 호기심이 생기고 재미가 생겼습니다. 한문과 외래어를 건너뛰며 읽어도 내용을 대충 알 것만 같았습니다. 동네 친구들이 모르는 걸 나는 잘 안다며, 닥치는 대로 마구 읽고 아는 체를 하곤 했습니다. 중학교와 고등학교 때도 책 읽고 아는 척하는 재미에 빠졌습니다.

그렇게 글에 빠져 사느라 어머니의 꿈이자 목표였던 의과대학 진학에 실패했습니다. 재수생 시절 어머니는 제가 공부를 열심히 한다고 이웃에 자랑했지만, 사실 저는 공부는 건성으로 하면서 단편소설을 일곱 편이나 썼습니다.

어머니가 원한 대로 의과대학에 도전했지만 낙방한 뒤, 국어 선생님께 하소연한 적이 있습니다. 선생님은 집안 분위기와 제 생각을 꼬치꼬치 물어보시더니 "배고프고 고달프고 뼈가 시리고 복숭아뼈가 물러질 것 같더라도 문학을 하겠느냐?"고 물으셨습니다. 저는 정말 그렇더라도 문학을 선택하겠다고 대답했습니다.

"교과서에 나오는 이름난 작가가 부럽다고 했지? 부러워서 따라가면 단지 베끼거나 모방하는 사람이 될 뿐이다. 작가는 글을 짓는 사람이지 모방하는 사람이 아니다. 어떤 결정을 하든 네가 좋아하는 일을 해. 죽기 살기로 좋아하는 일을, 죽을 때까지 좋아할 수 있는 일을 해야지."

죽을 때까지, 죽기 살기로 좋아할 수 있는 일을 결정하는 데는 그리 오래 걸리지 않았습니다. 결국 어머니를 속이기로 작정했습니다. 그때부터 하루 종일 책을 읽고 문제를 푸는 모습을 어머니께 유감없이 보여주었습니다. 어머니는 그 모습을 보고 제가 지독하게 열심히 공부한다고 생각했습니다.

저는 갖가지 문학작품을 읽고 소설을 썼습니다. 죽을 때까지 좋아할 수 있는 일에 매달리기로 작정했습니다. 고단하고 힘겹고 머리가 터질 것 같고 가슴이 무겁고 돈을 벌지 못하더라도 '좋아하는 일'을 한 사람으로 살다 죽고 싶었습니다.

어머니 몰래 국문과에 지원했습니다. 대학 1학년 때 제 단편소설이 학보에 실리자 스승께서 저를 불러 개인지도를 해주셨습니다. 게다가 1학년인 제가 문학 동아리에서 문예부장이 되는 바람에 소문이 자자했습니다.

물론 잘난 척하는 만큼 배움이 깊지 못했고 고난을 겪는 일이 생기기도 했습니다. 저희 집안이 망해서 휴학하고 절망감에 빠졌을 때는 못난 짓도 했고 못된 생각도 했지만, 그때도 저를 구해준 것은 문학이었습니다. 저는 어리석은 생각과 잡념을 지울 수 있는 지혜와 용기를 책에서 찾았습니다.

세계문학 전집은 물론이요, 『논어』『도덕경』『명심보감』을 비롯하여 『삼국지』『초한지』 같은 고전들을 독파했습니다. 또 홍명희 선생의 『임꺽정』, 윤동주 시인의 『하늘과 바람과 별과 시』 같은 작품을 다시 읽으며 희망을 품고 마음을 겨우 다스렸습니다.

사람으로 태어나 목숨보다 소중한 게 없다는 깨달음에 잘못된 생각을 접고 어렵게 빚을 내어 대학에 복학했습니다. 군대 문제를 해결하기 위해 학훈단에 입단했고, 지독한 생활고를 해결하려는 절실함으로 '건대 신문 문화상' 소설 부문에 응모해 당선되는 영광도 누렸습니다.

졸업을 앞둔 4학년 때는 더 절박해졌습니다. 다행히 마침 '문공부 신인상' 제도가 개선되어 제1회 '전국 대학 문화예술축전'이 개최되었고, 저는 소설 부문에서 당선되어 학비와 하숙비를 해결하기도 했습니다.

●

그럼에도 소설가가 되는 과정은 결코 순탄하지 않았습니다. 대학 1학년 때부터 문학잡지와 신문사의 신춘문예에 응모하기 시작했으나, 번번이 떨어지며 열정만 가지고는 안 된다는 걸 스스로 입증하며 낙방의 고난을 10년이나 겪었습니다.

모든 게 열악했던 그 시절엔 요즘과 달리 문학잡지나 신춘문예를 운영하는 곳이 몇 군데 되지 않았습니다. 소설 등단의 경쟁률은 아무리 줄여 잡아도 수백 대 1이었고, 등단해도 원고를 실어줄 매체가 별로 없었습니다.

저희 세대의 문학청년들은 역사의 암흑기를 건너는 사람들이었습니다. 나라가 해방되었지만 동족상잔이라는 민족적 비극을 겪어야 했고 전쟁이 끝난 뒤에는 지독한 배고픔과 질곡의 시대였습니다.

몸과 마음을 가누기 어려운 상황에서 4·19혁명과 5·16군사 정변의 시련도 닥쳤습니다. 1960~70년대는 군사정권의 눈초리마저 서늘해 자유롭게 펜을 들기도 어려웠습니다. 군사독재와 산업화의 고난을 겪으면서 문학은 휴머니즘을 갈구하며 예술의 지평을 펼쳤습니다.

그러나 문인들의 삶은 고단했고 씁쓸한 소식마저 들려왔습니다. 한 세대 앞서 '2인 문단 시대'를 이끌며 우리 문학사에 중요한 획을 그었던 최남선·이광수는 물론, 최초의 신시를 남겼다는 주요한을 비롯하여 교과서에 이름을 올렸던 명사들이 친일파였음이 알려졌습니다.

좌절 속에서도 문학을 향한 꿈을 포기할 수는 없었기에 끊임없이 읽고 썼습니다. 선배 작가들의 작품을 읽으며 상대적 빈곤감과 정신적 열등감, '문학밭의 소외감'에 시달리면서도 문학을 향한 열정의 끈을 놓지 않았습니다.

제대로 된 책상과 의자가 없어서 바닥에 앉아 앉은뱅이책상에서 글을 쓰면 얼마 지나지 않아 허리가 아프고 발에 쥐가 나기 때문에 저는 베개를 가슴에 대고 엎드려 원고지를 메꾸었습니다. 네댓 시간씩 엎드려 글을 쓰면 가슴이 아프고 어깨와 목이 뻐근하며 눈두덩이가 퉁퉁 붓습니다.

그럴수록 제 인생에 요행수가 없다고 한 무당과 점쟁이, 명리학자의 말을 떠올리며 읽고 쓰고 책을 뒤지고 자료를 찾았습니다.

드디어 10년째 되던 해, 당시 '문학의 전당'이라고 불리던 문학잡지 《현대문학》에 단편소설 「물살」로 초회 추천(1975년 10월호)되었고, 단편소설 「본전댁」으로 4개월 만에 완료 추천(1976년 2월호)되어 소설가로 등단했습니다. 통상 초회 추천을 받고 완료 추천을 받으려면 한두 해가 걸렸는데, 저는 단 4개월 만에 등단하는 영광을 누렸습니다.

10년 동안 끊임없이 도전한 제 노력을 알아보신 소설가 임옥인 교수님께서 그런 영광을 저에게 안겨주셨습니다. 그 시절의 오기 덕분에 저는 무엇에든 굴복하지 않는 정신력을 키울 수 있었습니다. 아무리 생각해도 문학을 향한 제 순애보는 참으로 끈질기고 애달팠던 것 같습니다.

혼을 불러 그린 그림

강연장에서 "귀신이 있을까요, 없을까요?"라고 청중에게 물어보면, 없다는 사람보다 있다는 사람이 더 많습니다. "귀신은 누가 만든 건가요?" 하면 그제야 사람들은 고개를 끄덕이며 "내가 만들었죠"라고 대답합니다.

불과 20~30년 전만 해도 우리나라에 귀신과 도깨비에 대한 애기가 참 많았습니다. 귀신은 밝을 때나 여럿이 함께 있을 때, 넓고 깨끗한 공간에는 나오지 않습니다. 어둡거나 혼자 있거나, 후미지거나 좁고 외진 곳에서 나오기 마련입니다.

요즘은 우리나라에서 귀신 나온다는 소리가 쑥 들어갔습니다. 그 많던 귀신과 도깨비가 왜 사라졌을까요? 바로 대한민국의 밤이 대낮처럼 밝아졌기 때문입니다.

"귀신과 도깨비가 있는 게 좋을까요, 없는 게 좋을까요?"라고 물으면 많은 사람들이 없는 게 좋다고 합니다. 그런데 "소원을 들어주는 램프의 요정이나, '금 나와라 뚝딱' 하면 금을 내놓는 도깨비를 거느리고 살면 좋겠지요?" 하면 다들 고개를 끄덕입니다.

착한 귀신과 쓸 만한 도깨비는 창의성을 이야기하기 위해 꺼낸 화두입니다. 창의성이란 새로운 것을 생각해 내는 특성을 말합니다. 귀신이나 도깨비도 창의성 덕분에 생겼습니다. 문학을 비롯한 인문학은 물론이요, 예술, 자연과학 등의 모든 분야에 필요한 창의성에 대한 이야기를 해보겠습니다.

●

5만 원권 지폐의 신사임당 초상과 5천 원권 지폐의 율곡 초상을 그린 화가는 서울대학교 미술대학 명예교수인 이종상 화백입니다. 자주 뵙곤 하는데, 그때마다 선생님은 영정(影幀)을 그리기 싫다고 하십니다.

이 화백이 그린 고산(孤山) 윤선도 선생의 영정은 현재 해남 녹우당에 전시되어 있습니다. 조선 중기 문신이자 으뜸 선비로 알려진 고산 선생의 영정을 선생의 후손들이 간곡히 부탁해 그렸습니다.

고산 선생은 예빈시 부정을 지낸 윤유심의 둘째 아들이었는데, 여덟 살 무렵에 큰아버지 윤유기의 양자로 입양되어 해남에 내려가 살았습니다. 윤유기는 강원도 관찰사를 지낸 인물로 아들이 없었습니다. 집안의 장손에게 자손이 없으면 제사는 물론이요, 집안의 대소사를 주관하는 게 어려웠던 시절이었습니다.

이 화백이 영정을 그리기 전에 후손들에게 받아낸 약속은 고담준론처럼 알려져 있습니다. 고산 선생의 초상 자료가 없었기에 파묘를 해서 고산 선생 부모의 골상을 보여달라고 했습니다. 결국 이 화백은 문중의 동의하에 해남 땅으로 내려가 삼백수십 년 가까이 된 무덤 세 기를 파묘했습니다. 고산 선생의 친부모님과 형님의 무덤이었습니다.

하늘이 도왔는지 유골이 조금 나왔습니다. 유골의 DNA를 검사하니 어머니는 북방 계열이요, 아버지는 남방 계열이었습니다. 남성의 XY 염색체보다 여성의 XX 염색체로 유전자 검사를 하는 게 좋을 것 같아서 어머니 쪽을 선택하여 3D 영상 작업을 했습니다.

현대 과학의 힘으로 고산 선생의 유전자를 찾았지만 바로 영정을 그릴 수는 없었습니다. 이 화백은 고산 선생이 쓴 「어부사시사」와 「오우가」 등을 낭송하고 향과 초를 켠 채 몇 달 동안 절을 했습니다. 오래전에 돌아가신 고산 선생의 초상을 떠올리려는 노력이었습니다. 그렇게 치열하게 혼신을 다하는 '절 올림'을 초혼(招魂)이라고 합니다. 혼을 불러낸다는 뜻인데, 고산 선생의 생전 모습을 연상하기 위해 간절히 기도를 올렸다고 합니다.

몇 달 동안 절을 올리자 드디어 고산 선생의 모습이 선명하게 떠올랐습니다. 생전 얼굴을 본 듯이 형상이 떠오르는 걸 접신(接神)이라고 합니다. 접신의 경지에 오르는 것을 '창조'라고 할 수 있습니다. 지구상에 없는 걸 만들어내는 걸 창조라고 하니까 말입니다. 보편적으로 창의력이라고도 합니다.

이종상 화백은 놀라운 창의력으로 삼백수십 년 전의 고산 선생을 대면한 듯이 영정을 그리기 시작했고, 4년 만에 완성했습니다. 해남 녹우당에 걸려 있는 고산 선생의 영정을 보면, 그 순간 대가의 정진과 창조 정신을 대번에 느낄 수 있습니다.

●

초상을 완성하고 후손들에게 통보하니 다들 달려와 고산 선생의 영정을 친견하고 감탄했다고 합니다. 후손들은 며칠 후에 해남 녹우당에서 봉안식을 올리기로 했지만 영정을 바로 모셔가지 못했습니다. 화백의 영육에 스며든 고산 선생의 혼백이 떠나지 않았기 때문입니다. 영정을 완성한 화백은 정신이 혼미해지고 몸을 가누지 못할 정도가 되었습니다.

후손들이 돌아간 뒤에 화백은 고산 선생의 영정을 벽에 걸어놓고 향과 초를 켰습니다. 방석을 놓고 영정에 절을 올렸습니다. "영정을 완결했사오니 부디 이승을 떠나 극락왕생하소서"라고 첨배례(瞻拜禮)를 했습니다.

첨배례에는 '우러러 올려다보며 절을 올립니다'라는 뜻이 담겼습니다. 경주에 있는 국보 첨성대는 첨배례와 똑같은 '첨' 자를 쓰는데, 밤하늘의 별을 올려다보는 돈대(평지보다 높직하게 두드러진 곳)라는 뜻으로 지어졌습니다.

화백이 며칠 동안 첨배례를 하자 드디어 고산 선생의 혼이 떠났습니다. 화백은 쓰러져 일어나기도 힘들 정도였습니다. 산 사람을 빚어내듯 한 획 한 획 4년 동안 온 정성으로 정진했으니 누적된 심신의 피로는 엄청났을 것입니다. 조선의 대선비인 고산 선생의 영정을 온전히 그려 그 정신사를 되살리겠다는 혼신의 힘이 화백을 쓰러뜨렸는지도 모릅니다.

봉안식을 하는 날, 현장에 있어야 할 화백은 자리에서 일어나지 못했습니다. 하는 수 없이 후손들은 고산 선생의 영정만 곱게 모셔 갔습니다. 백여 명의 후손들이 모여 위대한 조상인 고산 선생의 영정 앞에서 봉안식을 올렸습니다.

후손들은 영정을 배경으로 기념사진을 찍었습니다. 귀한 역사의 현장을 촬영하던 사진작가는 순간 놀랐습니다. 보통 사람은 도저히 알아차릴 수 없는 현상을 발견했습니다.

그건 바로 백여 명의 후손들 얼굴이 한 장의 그림 속 고산 선생 모습과 빼닮았기 때문이었습니다. 마치 영정이 몽타주인 것같이 말입니다. 사진작가의 예술 감각이 그런 현상을 알아차릴 수 있었을 겁니다.

전문가들은 이런 현상을 'DNA의 닮은 구조'라고 말합니다. 해외여행 중에 동양인을 보고 '어쩐지 저 사람은 한국인 같네'라고 생각할 때가 있습니다. 확인해 보면 정말 한국인인 경우가 많습니다. 유치원 행사, 초등학교 운동회나 학예회에서 '저 아이는 저 사람의 자녀겠구나'라고 짐작하면 거의 틀리지 않는 것과 비슷합니다.

초혼을 통해 접신하고, 후손의 생김새와 유사하게 옛사람을 그려낸 이 일화는 신비로운 창의력의 힘을 보여줍니다. 인간의 창의성은 요정이나 도깨비가 가진 힘 이상으로 놀라운 저력을 가졌습니다. 그러나 무엇보다도 중요한 건, 정성을 다해 만들고 빚어내는 간절한 정진입니다.

직접 보지 않고도 본 듯이 그려내는 힘

임금님의 초상화를 어진(御眞)이라고 하고, 어진을 그린 화가를 화사(畫師)라고 높여 부릅니다. 왕의 초상화를 그린 것만으로 스승 '사' 자를 붙여 대우합니다.

통상 직업의 명칭에 집 '가(家)' 자가 붙으면 학문, 기술, 예술 등의 분야에서 일정한 경지에 다다른 사람을 뜻합니다. 예를 들어 '정치인'은 정치를 업으로 삼은 사람을 뜻하지만, '정치가'는 정치계에서 일가(一家)를 이룬 큰 정치인을 뜻합니다. 작가, 화가, 작곡가, 평론가, 연출가 등에 '가' 자가 붙은 것은 그 일에서 일가를 이루라는 뜻이 함축되어 있습니다.

●

궁궐에는 그림을 관장하는 도화서가 있고, 그림을 그리는 화원들이 있으며, 화원들 중에는 어진을 그리는 화사가 있습니다. 어진 화사는 당대 최고의 솜씨를 자랑하는 수준이어야 했으며 도화서에서 가장 출중한 화가여야 했습니다. 더러 탁월한 어진화사를 찾기 위해 속세의 화가들을 실기시험으로 선발하기도 했습니다.

어진 제작은 궁궐의 중요한 행사였습니다. 어진은 통상 여러 명이 분야별로 나누어 그림을 그렸습니다. 용안, 즉 왕의 얼굴을 그리는 집필 화사, 왕의 몸체를 그리는 동참 화사, 물감을 잘 섞는 수종 화사, 어진을 보관하는 족자나 두루마리를 관장하는 첩장, 금박을 붙이는 부금장, 바느질을 잘하는 참선노를 둘 정도로 왕의 어진 작업은 장중했습니다.

어진을 봉안한 뒤에는 어진 작업에 참여한 화원들에게 여러 가지 혜택을 주었는데, 기록에 따르면 예우가 좋았다고 합니다. 집필 화사에겐 직위의 품계를 올려주는 가자(加資), 동참 화사에겐 문반(文班)의 자리인 왕실의 동쪽에 설 수 있는 동반정직(東班正職), 수종 화사에겐 길들지 않은 어린 말 한 필이나 활 한 장을 사급했다고 합니다.

단원(檀園) 김홍도는 도화서 화원 출신인데 정조의 어진을 그린 공로를 인정받아 종6품 벼슬인 연풍현감으로 봉직했습니다.

요즘은 초상화를 그리는 사람이 실물이나 사진을 볼 수 있지만, 절대왕권 시대에는 궁궐의 화원들도 용안을 직접 볼 수 없었다고 합니다. 심지어 어진도 함부로 쳐다볼 수 없었습니다.

왕을 자주 본 고관들이 어진을 검수하고 초본을 수정하는 봉심 과정을 거쳐야 어진을 완결할 수 있었습니다. 화가가 왕의 얼굴을 직접 볼 수 없었음에도 어진을 본 왕이 고개를 끄덕였다고 합니다.

어진을 그리라는 명을 받으면 이종상 화백처럼 초혼, 접신, 첨배례를 할 수밖에 없었을 거라고 합니다.

용안을 직접 대면하고 그린 게 아닌데도 왕이 화사에게 "갸륵하도다. 용안을 보지도 않고 똑같이 완결했고나"라고 했습니다. 그것은 곧 머릿속에 귀신과 도깨비를 하나쯤 가지고 정진한 창조 정신의 결과라고 생각합니다.

어쩌면 그런 정신적 승화 덕에 인류가 만물의 영장이 되었다고 생각합니다. 정신적 승화는 고난과 시련을 통해서 이룩한 창조의 결과물입니다. 창조 정신은 주인정신으로부터 도출됩니다.

내가 세상의 주인이라는 자긍심이 있어야 고난과 시련을 극복할 수 있습니다.

일상도 글쓰기도 놀이처럼

2009년 노벨 생리의학상 수상자인 엘리자베스 블랙번, 캐럴 그라이더, 잭 쇼스택은 텔로미어 연구로 인체의 신비함을 밝혔습니다.

텔로미어(telomere)는 염색체 양쪽 끝부분에 있는 염기서열로 마치 운동화 끝의 플라스틱 캡을 연상시킵니다. 인간의 염색체는 부모에게서 각각 23개씩 받아 총 46개의 염색체로 이루어져 있습니다. 사람은 평균 50~60회 정도 주기적으로 세포분열을 해서 생명을 유지합니다. 세포가 분열할 때마다 DNA를 복제하는데, 분열이 멈추면 죽습니다.

텔로미어 길이는 세월이 흐르며 점점 짧아지고, 아주 짧아지면 세포분열을 멈추며 죽음에 이릅니다. 암세포는 세포분열을 해도 텔로미어 길이가 짧아지지 않아 사람을 고통스럽게 합니다. 염색체 끝에 새로운 염기를 계속 덧붙이는 방식으로 텔로미어 길이를 유지하기 때문입니다. 이로 인해 암세포는 계속 증식하게 되죠.

국제학술지 《커뮤니케이션스 바이올로지》에 따르면 최근에 영국 레스터 대학 연구팀은 시속 6.4킬로미터 이상 빠르게 걸으면 노화를 늦출 뿐 아니라 16년 정도 젊어진다고 발표했습니다. 빨리 걷는 것은 활력(活力), 즉 살아 움직이는 힘이 있다는 뜻입니다. 의학에서 맥박, 호흡, 체온, 혈압과 같이 생물에게 생명이 있다는 걸 입증해 주는 요소를 '활력 징후'라고 합니다.

삶 속에서 활력의 지속성을 유지하려면 우선 즐거워야 하는데, 그러려면 일상이 '놀이' 같아야만 합니다. 즐겁게 살면 텔로미어가 느리게 짧아진다고 합니다.

음식을 섭취한 뒤에 치아 건강을 위해 3분 정도 양치질을 해야 합니다. 이때 시계 초침을 보며 칫솔질을 해보세요. 3분은 꽤나 깁니다. 그러나 노래방에 가서 흥겹게 노래를 불러보세요. 한 시간이 금방 지나 연장하고 또 연장하곤 합니다. 양치질은 재미가 없고 노래는 재미있기 때문입니다.

모든 스포츠는 육체가 힘듭니다. 놀이 삼아 해야 오래 할 수 있고 재미가 있습니다. 그래야 꾸준히 운동하는 습관이 생깁니다.

몸이 힘들어도 운동하는 것은 육신의 건강을 얻기 위한 예술 행위에 가깝습니다. 프로 선수들은 운동에 인생을 걸어야 하지만 아마추어는 운동을 재미나게 하면 됩니다.

●

저는 1976년에 《현대문학》으로 등단하여 1980년에 첫 책을 출간했고, 지금까지 소설, 수필, 시집, 콩트집, 칼럼집, 평역집 등 모두 138권의 다양한 도서를 출간했습니다. 43년 동안 138권을 발간했으니 매년 세 권쯤 쓴 셈입니다.

지인들은 제게 국회의원 재직 8년을 빼면 매년 거의 네 권씩 썼다며 '인간 같지 않다'는 농담도 합니다. 어떻게 그럴 수 있느냐, 아직도 만년필로 원고를 쓰냐고 물을 때마다 저는 이렇게 말합니다.

"죽을 때까지 좋아하는 일을 하고 싶어서, 재미있게 살고 싶어서, 나를 기쁘게 하고 싶어서, 세상으로부터 받은 사랑을 갚기 위하여……."

하지만 글을 쓸 때 마냥 기쁘거나 재미있는 건 결코 아닙니다. 글이 잘 써지지 않으면 엄청난 스트레스를 받을 뿐 아니라 심지어 왜 이러고 살까 싶은 좌절감에 빠지기도 합니다. 『김홍신의 대발해』를 200자 원고지로 1만 2천 장을 쓴 뒤에는 온갖 병을 앓아 7년 동안 '소설'이란 단어만 보아도 질색할 정도였습니다. 트라우마를 벗어나려고 명상, 마음공부, 면벽 수행까지 하는 우여곡절 끝에 7년 만에 장편소설 『단 한 번의 사랑』을 출간할 수 있었습니다.

참 신기한 것은, 청탁을 받아 글을 쓸 수밖에 없을 때는 글 쓰기가 너무 힘겨워 청탁한 사람을 조금 원망하기도 하지만, 원고를 마무리한 뒤 한 권의 책으로 만들어지면 청탁한 사람이 은인으로 여겨지곤 합니다.

더 신기한 것은 글이 잘 써지지 않으면 저의 재주 없음과 무능함에 투덜거리다가 잘 써질 때는 마치 천재라도 된 양 혼자 으스대기도 합니다.

마감이 임박했는데 글이 막히면 다 때려치우고 싶을 때도 더러 있습니다. 그러나 출간한 뒤에는 성취감과 기쁨을 느끼고, 또 한편으론 '좀 더 심혈을 기울여 쓸걸' 하는 후회에 휩싸입니다.

이런 마음은 저뿐만이 아니겠지요. 작가가 자신이 쓴 글에 만족하게 되면 더 이상 글쓰기가 어려워질지 모릅니다. 쓰고 나면 늘 부족하고 모자란 데가 있기에 그걸 채우려고 쓰고 또 쓰는지 모릅니다.

인공지능처럼 술술 써지는 게 아니라, 고심하고 낙담하고 생각을 거듭해 쥐어짜내는 거라, 애써 놀이라고 우기기도 합니다. 어린아이가 땅바닥에 금을 그으며 땅따먹기를 하듯, 소꿉놀이나 딱지치기, 숨바꼭질을 하듯 원고지를 펼쳐놓고 만년필로 이야기 만드는 놀이를 한다고 자신을 위로하곤 합니다.

글쓰기를 일이나 돈벌이가 아니고 잘 노는 행위라고 생각하면 그나마 견딜 만합니다. 그래서 제자들에게 "직장에서 일할 때는 일이라 생각하지 말고 오락이나 놀이라고 생각하면 즐거운 선두주자가 된다"고 강조했습니다. 건강하고 더디 늙으려면 잘 노는 사람으로 변해야 합니다.

읽고 쓰는 사람의 품위

제자들이 '사람됨'의 방법을 물었을 때, 저는 '희망 감염'과 '마음 부자'와 '사랑 멀미', '책 읽기와 글쓰기' 등의 얘기를 열거했습니다.

인생에서 참 좋은 것들은 대부분 공짜이거나 흔하거나 가까이 있는 것들입니다. 햇빛, 물, 공기, 지구는 물론이요, 기도, 겸손, 감사, 친절, 웃음, 칭찬은 공짜입니다. 스승을 만나 참소리를 듣거나 글 쓰는 건 내 존재 가치를 드높이는 행위입니다. 책 읽기도 그렇습니다.

독서는 큰돈이 들지 않지요. 책꽂이에 책이 많이 꽂혀 있는 것만으로도 그 집 아이의 두뇌가 계발되고 창의력이 좋아지며 감성이 풍부해진다는 연구 결과도 있습니다.

예전에 읽은 책 중에 세계적인 항공사에서 오래 근무한 여성 사무장이 쓴 글이 기억납니다. 일등석을 자주 이용하는 재벌이나 고위 인사들은 비행 중에도 열심히 책을 읽고 메모를 한다고 했습니다.

다산 정약용 선생은 제자들에게 이런 가르침을 남겼습니다.

"만약 따뜻하게 입고 배불리 먹는 데만 뜻을 두고 편안히 즐기다가 세상을 마치려 한다면 죽어서 몸이 식기도 전에 벌써 이름이 없어질 것이다. 이는 새나 짐승의 일일 뿐이다. 그런데도 책을 읽지 않고 살기를 원하는가."

책은 종이책으로 읽는 게 가장 좋지만 세상이 변했으니 전자책이나 오디오북 등을 이용해도 좋습니다. 무엇보다도 자주 읽는 게 좋습니다. 독서는 바로 그 사람의 품격이니까요.

사람은 살아가면서 개인의 경험을 넓히고 지식을 쌓는데, 이를 전문용어로는 '인지적 비축분(cognitive reserve)'이라고 합니다. 전문가들은 인지적 비축분이 클수록 치매 예방에 도움이 된다며 그 첫 번째 방법으로 책을 꾸준히 읽거나 편지 같은 글을 쓰는 등 인지 활동을 하라고 권합니다.

대학에서 강의할 때 저는 학기의 첫 강의 때마다 제자들에게 "죽기 전에 꼭 책 세 권을 쓰라"고 강조하곤 했습니다. 제 얘기를 듣고 10년 만에 여덟 권의 책을 쓴 제자도 있습니다. 해마다 한 권씩 죽을 때까지 쓰겠다는 다짐을 하고 어김없이 출간합니다. 어찌 존경하지 않을 수 있겠습니까. 그럼 무슨 책을 써야 할까요?

첫째, 수필집을 내라고 합니다.

수필을 쓰려면 사물을 관찰하는 시야가 넓어야 하고 메모하는 습관을 들여 일상을 기록해야 합니다. 신문이나 잡지에 실린 세상사의 이면을 읽고, 라디오와 텔레비전에서 나오는 유용한 정보를 새겨듣게 됩니다. 뿐만 아니라 가족과 친지, 이웃의 다양한 삶을 눈여겨보면서 내 삶을 가꾸고 '생각의 불'을 정돈하는 지혜를 얻게 됩니다. 수필을 쓰다 보면 창의력이 발달하고 세상사에 대한 판단력이 좋아집니다.

둘째, 전공 분야에 대한 책을 쓰라고 합니다.

전공한 분야에 대한 책을 쓰려면 지식이 더 깊고 넓어야 하므로 책을 쓰면서 남보다 한 걸음 더 앞서나가게 됩니다. 남을 이기려고 경쟁하는 게 아니라, 함께 성장하기 위해 가르치며 배우는 과정에서 경쟁자의 존중도 받게 됩니다.

후배들에게 자신의 실패담도 들려주어 실패를 줄이게 하고, 성공담을 알려주어 더 좋은 성공 사례를 만들도록 길잡이가 되어 줍니다.

무엇보다도 이 세상에 보탬이 된 사람으로 기억됩니다. 그런 사람들 덕분에 우리가 오늘날 이만큼 잘 살고, 세상도 편리하고 좋아졌습니다. 우리는 누군가의 자랑이자 귀감이며, 은인이자 친구로 기억될 수 있습니다. 또 우리에게는 누군가의 아름다운 추억이자 고마운 사람으로 살 권리와 의무가 있습니다.

셋째는 자서전을 쓰라고 합니다.

자서전은 자신의 역사를 글로 남기는 아름다운 행위입니다. 자서전을 쓸 거라고 가족과 친구, 지인들에게 공개적으로 선언해야 합니다. 그러면 자서전을 거짓말로 채울 수는 없기에 매사 신중해집니다.

물론 지나치게 주변을 의식하거나 잘 보이려고 하면 피곤합니다. 하지만 사람들과 두루 어울리며 주어진 일에 최선을 다하는 모습을 자주 보여주게 되면 자신의 품격은 어느새 절로 높아집니다.

이 글을 읽는 분께도 권합니다. 살면서 세 권의 책을 꼭 써보십시오. 스스로 지혜로운 사람으로 거듭나고 내 주변과 세상에 도움을 준 사람으로 기억됩니다.

6장

세상의 주인은
바로 나라는 것을

하물며 사람이겠습니까

2,600여 년 전 인도에 사는 천민 니다이는 분뇨통을 메고 좁은 골목길을 가다 부처님을 마주했습니다. 부처님께 길을 비켜드리려다 넘어져 분뇨가 튀었고 부처님의 옷을 버렸으니 니다이는 몹시 당황하여 정신을 차릴 수 없었습니다.

신분제가 엄격했던 당시 인도 사회는 천민을 사람 취급조차 안 할 정도였고, 부처님은 출가 전 한 나라의 왕자였으니 상상만 해도 아찔한 상황이었을 겁니다.

그때 부처님께서 "다친 곳 없나요? 나와 함께 강에 가서 목욕합시다"라고 했습니다. 니다이는 몹시 놀라며 "제가 천민인데 어찌 감히 같이 목욕을 할 수 있겠습니까"라고 하자, 부처님께서 남긴 말씀은 이렇습니다.

"사람은 본디 귀하고 천한 게 없습니다. 모든 것은 그 자체로 존귀합니다. 다만 그 행동에 천하고 귀함이 있을 뿐입니다."

그렇습니다. 어디서 누구에게서 어떻게 태어났든 그 자체로 존귀합니다. 가졌건 못 가졌건, 잘났건 못났건, 건강하건 건강하지 못하건 태어난 것만으로 존귀합니다. 문제는 우리 스스로 자기 존재를 존귀하게 여기지 않는 것입니다.

2018년에 작고한 미국의 유력 정치가 존 매케인 상원 의원은 "내 인생 단 하루도 다른 누군가의 최고의 날과 바꾸지 않겠습니다"라는 마지막 말을 남겼습니다.

●

국어사전에서는 '잡초'를 '가꾸지 않아도 저절로 나서 자라는 여러 가지 풀을 말하며, 농작물 따위의 식물이 자라는 데 해가 되기도 한다'고 정의합니다.

예쁘게 가꾼 잔디 마당에 심지도 않은 풀이 자꾸 자라면 미울 수 있습니다. 골프장에 잔디 말고 다른 풀이 나면 애써 뽑아내야 하니 귀찮고 힘들 수 있습니다. 작물 기르는 밭에 빠른 속도로 자라는 풀을 보며 마냥 좋아할 수 없습니다. 그래서 비닐 둑을 만듭니다.

그러나 세상에 존재하는 것은 작은 풀 한 포기까지도 모두 존엄합니다. 저는 제자들에게 "이 세상에 잡초란 없다. 단지 우리가 이름을 모르는 풀일 뿐이다"라고 가르칩니다.

고등학교 시절 전교생이 산에 가서 풀씨를 채집하곤 했습니다. 채집 활동을 하면 손가락이 아프고 물집이 잡히기도 했습니다. 그 시절엔 우리나라에 민둥산이 많아 장마철에 산사태가 잦았기에 사방공사를 위해 풀씨를 심거나 비탈진 곳을 정비했습니다.

이름 모를 풀씨가 그만큼 소중했습니다. 시골에서 소를 키우는 집은 이름 모를 풀을 베어 여물을 만들어야 했고, 거름이나 땔감이 필요한 집에도 그런 풀은 귀했습니다.

요즘 벌레를 키우는 사업장에서 잔디가 아니라 이름 모를 풀을 꼭 필요로 합니다. 우리가 흔히 잡초라고 부르는 풀이 없다면 그 많은 산과 강둑, 길섶과 논둑을 누가 지켜주었겠습니까. 그 많은 벌레와 동물은 어찌 생존할 수 있었겠습니까.

그러니 잡풀, 잡초는 없습니다. 한 포기의 풀도 그리 소중한데, 하물며 사람이겠습니까. 천하 만물 중에 사람보다 더 아름다운 존재는 없고, 사람보다 더 찬란한 보석도 없습니다. 사람보다 더 진귀한 명품도, 사람보다 더 향기 좋은 꽃도 없습니다.

인생 화살을 잘 맞히려면

　유대인은 어려서부터 '질문하는 법'을 배운다고 합니다. 자녀가 학교에 다녀오면 부모는 '오늘 선생님께 어떤 질문을 했는가?'를 묻고 선생님의 답변에 대한 얘기를 나눈다고 합니다. 질문을 통해 깨닫는 게 산교육이라는 건 널리 알려져 있습니다.

　부처님께서도 제자들의 질문에 대답함으로써 깨달음을 전했습니다. 공자께서도 제자들의 질문에 대한 응답으로 지혜를 남겼습니다. 예수님께서도 제자들의 물음에 사랑을 전파했습니다. 오늘날에는 과학기술의 놀라운 발전으로 챗GPT가 질문의 힘을 유감없이 보여주고 있습니다.

　그렇다면 살아가며 우리가 꼭 던져봐야 하는 가장 중요하고 가장 현명한 질문은 무엇이겠습니까?

짐작하셨겠지만 바로 '나는 누구인가', '나는 왜 사는가', '나는 어디로 가는가'입니다.

대학의 제자들에게 이런 시험 문제를 출제한 적이 있습니다.

'나는 누구인가?'

제자가 손을 번쩍 들고 항의하듯 말했습니다.

"어려워도 좋으니 강의해 주신 데서 출제해 주세요."

저는 고개를 끄덕이고 말했습니다.

"그동안 제가 가르친 게 바로 '나는 누구인가'였어요. 저는 공부를 조금 모자라게 한 탓에 여러분에게 학문적 가르침보다 진정한 삶과 향기 나는 인간미, 사랑하고 용서하고 배려하고 베푸는 사람다움을 알려주고 싶었어요. 그래서 제 허물과 부족함과 모자람까지 털어놓았습니다."

제자는 고개를 저으며 말했습니다.

"시험 문제가 너무 어렵습니다."

저도 고개를 저으며 대답했습니다.

"저도 내가 누구인지 쓰라면 헤맬 게 분명합니다. 그러나 점수에 신경 쓰지 말아요. 어떻게 쓰든 무조건 A 학점을 줄 테니 그냥 생각나는 대로 써봐요. 인생, 참 복잡하고 다사다난하죠. 잘 살려면 적어도 내가 누구인가를 알아차려야 해요. 공부에는 두 가지가 있다고 생각해요. 하나는 학문이나 기술을 배우고 익히는 것이고, 또 다른 하나는 인생살이를 지혜롭게 가꾸는 내면의 성찰이에요. 오늘 시험은 뭐든 그냥 써봐요. 그리고 나는 누구인가 스스로에게 물어봐요."

제 말이 그럴듯해서인지, 아니면 A 학점을 주겠다는 소리 때문인지 학생들은 뒷말 없이 시험을 봤습니다. 시험이 끝났을 때 저는 이렇게 말했습니다.

"설마 그럴 리야 없겠지만, 사람들을 사고파는 시장이 있어서 오늘 나를 내다 판다면 얼마쯤 받을 수 있을지 한번 떠올려봐요. 시험지에 손으로만 쓰지 말고 내 가격을 얼마쯤 받을 수 있을지 마음으로 써보세요."

곧이어 침묵이 흘렀습니다. 몇 분 동안 아무 소리도 들리지 않았지요. 학생들이 무슨 생각을 하는지 알 수 없지만, 적어도 '자신의 가치'를 생각할 것 같았습니다. 그런 뒤에 말을 이었습니다.

"여러분, 세계 인구가 70억이나 되었다고 합니다. 70억 명 중에 생김새, 눈빛, 머리색, 출생, 생각, 마음이 똑같은 사람이 단 한 명이라도 있을까요?"

제자들은 고개를 저었습니다. 그렇습니다. 똑같은 사람은 단 한 명도 없습니다.

"과거에도 현재에도 미래에도 없어요. 우주 역사상 오직 하나뿐이죠. 그런 데다 이번 생이 마지막이에요. 자, 아까 머릿속으로 자신의 가격을 얼마라고 생각했지요?"

고개를 끄덕이거나 머리를 젓는 제자들의 눈빛이 달라졌습니다.

"그대들은 온 우주 역사상 달랑, 오직 하나뿐이죠. 비쌀까요? 싸구려일까요?"

제자가 혼잣말처럼 말했습니다.

"제가 엄청난 거네요."

인생은 '내가 문제를 출제하고 내가 답을 쓰는 것'입니다. 그런데 저부터 어렵게 출제하고 정답을 찾느라고 안달복달을 하며 살았습니다.

●

인생 시험은 세계 80억 인구가 모두 응시하는 문제이자, 과거의 인류가 애써 풀었고 미래의 우리 후손들도 풀어야 할 문제입니다.

학교 시험이나 대학입시, 취업이나 승진 같은 우열을 가르는 시험에는 정답이 있기에 힘겹게 공부해야 합니다. 그러나 인생은 정답이 아닌 명답을 찾는 시험이기 때문에 지혜롭게 대처하면 됩니다. 곧 '쉽게, 가볍게, 아는 만큼만 문제를 출제하는 것'입니다. 그러면 해답을 바로 찾을 수 있어 인생이 살맛 납니다.

물론 명답을 찾는 일이 결코 쉽지만은 않습니다. 저도 인생을 잘 모르기에 백일기도도 해봤고 며칠씩 벽만 바라보는 면벽 수행도 했으며 묵언 수행과 죽음 체험, 유서 쓰기, 3천 배도 했습니다. 경상북도 문경의 '깨달음의 장'에서 수련하며 '나는 누구인가', '어찌 살 것인가'에 대한 해답을 알아낸 듯했지만, 불과 얼마 못 가서 다시 살던 대로 사는 어리석음을 드러내기도 했습니다.

●

우리는 모두 저마다 '인생 과녁'을 지니고 살아갑니다. 과녁에는 '나는 누구인가'라는 질문이 써 있지요. 사람은 누구나 '인생 화살'을 백 개쯤 가지고 태어난다고 생각합니다. 죽을 때까지 원하는 것을 쏘아 맞히는 게 인생사인 것 같습니다. 제가 맞힌 것 중에 가장 잘 맞힌 것은 '소설가'라는 직업을 택한 일입니다. 아내와 함께 잘 쏘아 맞힌 것은 아들과 딸을 낳아 기른 일입니다.

활을 잘 쏘려면 실력을 길러야 할 뿐 아니라 스승의 가르침과 친구의 신의, 부모의 사랑과 선배의 길 닦음으로부터 도움을 받아야 합니다. 기회를 잘 포착해야 하고, 나아가고 물러설 때를 지혜롭게 알아내야 합니다.

사람마다 개성이 다르고 능력과 재주도 다릅니다. 그렇게 서로 다른 특징들이 조합되어 쓰일 때 세상은 날로 발전합니다. 그 쓰임은 나에게도 이롭고 남도 이롭게 해야 합니다.

2004년 아테네 올림픽 때 기이한 일이 생겼습니다. 남자 50미터 소총 3자세 결승전에 선두를 달리던 미국의 에몬스는 그 분야의 일인자로 평가 받는 선수였습니다. 그는 마지막 10라운드에서 만점에 가까운 10.6점을 맞췄습니다. 그러나 경기 결과는 꼴찌였습니다. 자신의 과녁이 아닌 옆 선수의 과녁에 화살을 쐈기 때문입니다.

인생 화살도 마찬가지입니다. 자기 과녁을 겨냥해야지 남의 과녁을 맞히면 안 됩니다. 예부터 남의 인생을 탐하지 말라고 했습니다.

백 개의 화살이 모두 과녁에 도달할 수는 없습니다. 사람마다 다르겠지만 적어도 구십 개는 연습용이고, 나머지 열 개로 과녁을 맞히는 게 인생사일 것 같습니다. 그러니 매 순간 남과 비교하지 말고 내 인생에 집중해야 합니다.

그래야 비로소 '나는 누구인가'라는 질문에 답하며 스스로 만족스럽게 살아갈 수 있습니다.

당신이 서 있는 바로 그 자리

제가 어렸을 적엔 밤하늘이 온통 별천지였습니다. 시골 읍내는 자정 전에 전등이 모두 꺼졌기 때문에 하늘이 무너질 듯 별이 엄청나게 많았습니다. 해가 지고 어둠이 짙어진 시골에는 하늘에 빈자리가 없을 만큼 수많은 별과 함께 수시로 낙하하는 별똥별을 어디에서든 볼 수 있었습니다. 시험 보기 전날 밤엔 별똥별을 보려고 일부러 마당에 누웠습니다. 별똥별을 많이 보면 시험을 잘 보게 된다는 속설을 믿었으니까요.

세월이 흐르면서 무진장한 별 무더기를 볼 수 있는 풍경이 드물어졌습니다. 도시에서 별을 볼 수 없는 까닭은 바로 밝은 전깃불 때문입니다. 인생도 마찬가지인 것 같습니다. 바쁜 삶에서는

'지혜의 별'이 보이지 않습니다. 몸과 마음이 잔잔해져야 지혜의 별을 볼 수 있습니다.

지난겨울에 법륜 스님과 함께 필리핀 민다나오로 봉사활동을 하러 갔다가 밀림지대 근처에서 폭포수처럼 금방 쏟아질 것 같은 밤하늘의 별 무더기를 보았습니다. 감탄사가 절로 나왔습니다. 밤하늘의 무수한 별을 보면 우주의 광활함에 경탄하게 됩니다.

떠올려보니 사하라 사막이나 인도의 불가촉천민들이 사는 둥게스와리, 백두산의 산자락, 평양의 외곽지대, 금강산과 설악산, 지리산과 한라산처럼 불빛이 없는 곳에서는 별 구경을 실컷 했습니다.

그때 깨달은 것은 '내 존재가 티끌보다도 작다'는 사실이었습니다. 우주에서 지구를 내려다보면 나는 현미경으로도 보이지 않을 정도로 작은 존재입니다. 하지만 나는 우주 전체에서 오직 하나뿐이며, 이번 생은 한 번뿐인 내 인생의 마지막입니다. 나는 무엇과도 바꿀 수 없는 가장 소중한 존재가 분명합니다.

일본에서 국제 심포지엄이 열려 참석했을 때입니다. 예민한 주제일 수밖에 없는 역사 문제로 전문가들의 토론은 시종일관 진지했습니다.

마침내 제 차례가 되었습니다. 저는 고구려를 계승한 발해의 제2대 황제 대무예가 서기 732년에 직접 군사를 이끌고 요하를 건너 당나라를 침공했고, 수군 장수 장문휴 대장군이 당나라의 요충지인 등주를 점령하는 전과를 올려 산둥반도를 함락한 사실을 공개했습니다. 이 사실이 당나라의 역사서인 『구당서』와 『신당서』 등에 기록되어 있는 점 또한 밝혔습니다.

우리가 흔히 통일신라시대라고 부르는 시기는 남쪽에는 신라가, 북쪽에는 발해가 양립하던 '남북국 시대'라고 칭해야 한다고 말했습니다. 그리고 발해가 말갈, 거란, 해, 습, 흑수 등을 토벌한 강대국이자 지금의 중국 동북 3성과 러시아 연해주 일대를 다스렸다는 증거도 제시했습니다.

고려 중기 이후와 조선조를 거치며 국력이 약화된 것이지, 우리 민족이 침략만 받았다는 주장엔 동조할 수 없는 역사적 사실을 주장했습니다.

질의응답 시간에 한국인 학자가 제 주장에 반박하며 "우리 민족은 역사적으로 보면 보잘것없다"고 주장했습니다. 사대주의 사관을 가진 학자라는 걸 대번에 알 수 있었습니다. 저는 그 학자에게 물었습니다.

"지구의 중심이 어디입니까?"

그는 대답하지 못했습니다.

"지구의 중심은 바로 박사님이 서 있는 그 자리입니다."

사위가 조용해졌습니다. 더 이상 반박하거나 설명할 필요가 없는 진리였기에 발표를 마칠 때까지 조용했습니다.

제 강의를 들은 나이 지긋한 학자께서 쉬는 시간에 제 손을 힘주어 잡고 웃으며 말했습니다.

"내가 주인인 줄 모르고 머슴처럼 살았어요. 집에서는 마누라가 주인이고 내가 머슴이니까요. 귀국해서 내가 주인이라고 하면 쫓겨날지 모릅니다. 김 선생이 책임지쇼."

차를 마시던 사람들이 모두 소리 내어 웃었습니다.

●

지구는 둥글기에 내가 서 있는 곳이 바로 지구의 중심입니다. 내가 서 있는 곳이 지구의 중심이듯, 내가 지구의 주인이라고 생각하는 사람이 주인답게 삽니다. 내가 존귀하면 세상 사람 모두 존귀합니다.

무언가에 끌려다니면 그 무언가가 주인이 되고 나는 노예가 됩니다. 인물, 학력, 집안, 직업, 재력, 명예, 권력 따위에 끌려다니면 그것들의 노예로 사는 것입니다. 그럼 내 인생은 비극이 됩니다.

나 자신이 인생의 횃불이자 나침판이고 북극성이며, 햇살이자 달빛이고, 꽃이고 꿀이며 열매입니다.

너와 나

2016년 9월, 경상북도 경주 일대에서 발생한 규모 5.8의 지진은 1978년 이후 한반도에서 관측된 역대 최대 규모로 알려졌습니다.

여진이 계속되던 때 저는 '세계한글작가대회' 집행위원장으로 초청되어 경주에 머물고 있었습니다. 경주를 방문한 저를 위해 선배 작가가 경주 지역 작가들을 초청하여 축하연을 열어주었습니다. 저는 행사 중에 물잔이 파르르 떨리는 여진을 느꼈습니다.

아파트에 살던 선배는 여진으로 집이 흔들릴 때마다 가방과 비닐봉지를 꼭 챙겨서 뛰쳐나온다고 했습니다. 가방 속에는 주민등록증, 여권, 면허증, 신용카드, 통장, 패물, 현금 따위가 들어 있고,

비닐봉지에는 약과 물병이 들어 있다고 했습니다.

휴대폰은 주머니에 보물처럼 넣어두어야 한다고도 했습니다. 특히 지진 때 꼭 필요한 것은 방염 가방, 응급처치 키트, 손전등, 휴대용 라디오, 헬멧, 은박지 보온 담요, 면장갑, 라이터, 건전지, 생수, 비상식량, 다용도 칼, 화장지, 수건 등이라고 했습니다.

선배는 제게 이렇게 물었습니다.

"아파트에서 뛰쳐나올 때 가장 중요한 게 뭔 줄 알아?"

저는 망설이지 않고 대답했습니다.

"가족이겠죠."

선배는 웃었습니다. 그리고 농담처럼 말했습니다.

"가장 중요한 건 바로 '나'이고 그다음이 아내⋯⋯."

옳은 말입니다. 세상에서 가장 중요한 건 바로 '나'입니다. 연인이나 부부끼리 가장 중요한 사람이 누구냐고 물으면 '바로 너'라고 대답해야 하겠지만, 실제로는 '바로 나'입니다. 내가 없으면 '너'도 없고 세상도 없을 테니까요.

그러나 내가 존재하기 위해서는 '너'가 반드시 필요합니다. 물론 '너'에게도 '나'는 꼭 필요합니다.

'나'만큼이나 소중한 것이 '너'이지만 '나'에 갇혀서도 안 되고 '너'에 갇혀서도 안 됩니다. 갇히면 자유가 박탈된 채 '나의 노예'나 '너의 노예'가 됩니다. 진정한 자유인은 상대의 존엄성을 내 존엄성만큼 인정할 줄 알되, 서로에게 갇히지 않는 사람입니다.

여진으로 집이 흔들려 정신없이 뛰쳐나올 때, 아내와 남편은 어젯밤에 죽기로 싸웠더라도 손을 잡고 나온다지요. 가방과 약, 지갑이나 휴대폰은 팽개쳐도 아내의 손은 놓치지 않은 부부의 사연이 아파트에서 화제가 되었다고 합니다. 자녀가 있는 집에서는 부부가 급히 뛰쳐나올 때 다 팽개치고 아이들만 데리고 대피하더라고 했습니다.

선배는 "같이 살 때는 그냥 필요한 사람이라고 생각했는데, 위급한 상황이 되니까 덜컥 저 사람 없으면 어쩌지 하는 걱정이 들더군. 아내의 존재가 소중한 걸 절실히 깨닫게 되더라"라고 했습니다.

●

인생에서 신호등이 되어주는 것은 바로 사람입니다. 젊은 시절에 스승께서 언제든 원하는 만큼 부려도 좋은 '최고의 사치'가 뭔지 아느냐고 물으셨습니다. 제가 머뭇거리자 '인생 최고의 사치는 바로 사람 사치'라고 하셨습니다. 값비싼 보석이나 희귀한 보물보다 사람을 많이 얻는 게 최고의 사치라는 가르침이었습니다. '사람 사치'란 곧 영혼의 풍요가 아니고 무엇이겠습니까.

사람다운 사람의 징표

제가 대학에 다니던 1960년대 중반에는 학교 주변에 대마초가 흔했습니다. 근처에 미군 부대가 있었던 탓인지도 모릅니다. 문학청년 시절, 스승께서 저를 불러 진지하고 엄숙하게 말씀하신 이야기를 지금도 잊을 수 없습니다.

"절대로 대마초 같은 건 피우지 말고 노름도 절대 하지 말거라. 너를 가르치며 느낀 건데, 너는 무엇이건 한번 빠지면 헤어 나오지 못할 것 같다"는 말씀이었습니다. 그러면서 "중독과 몰입은 한 끗 차이"라며 중독되지 말고 몰입하라고 하셨습니다.

'중독'은 '술이나 마약 따위를 가까이한 결과, 그것 없이는 견디지 못하는 병적 상태', 또는 '어떤 사상이나 사물에 젖어버려 정상적 판단을 할 수 없는 상태'를 뜻합니다. 그러나 '몰입'은 집중하여 '깊게 파고들거나 몰두'하는 걸 말하지요.

물론 누구나 한두 가지, 혹은 서너 가지쯤 중독 증세를 지니고 있습니다. 쉽게 빠져들 수 있는 스마트폰 중독은 물론 유튜브, 틱톡 같은 영상 중독, 페이스북이나 인스타그램을 켜놓고 사는 소셜미디어 중독도 떠올릴 수 있습니다. 폭식, 운동, 홈쇼핑 중독도 있습니다.

마약이나 대마초, 술이나 담배에서 벗어나지 못하는 물질 중독과, 도박이나 절도, 폭력이나 허위신고 따위를 거듭하는 행위 중독이 있습니다.

데이트 폭력, 가정폭력, 스토킹 등의 중독은 상대를 독차지하려는 욕구에서 시작됩니다. 상대를 감시하고 감독하며 몸과 마음을 묶어두려는 '정신적 이탈 행위'이자 범죄입니다. 사랑이라는 가면을 쓰고 관계에 집착하는 것은 상대의 존엄성을 무시하는 짓이며 자신의 존엄성마저 해치는 일종의 정신 황폐이자 정신질환입니다.

●

자신의 가치에 중독되는 것은 자만심이고 자신의 가치에 몰입하는 것은 자존심입니다. 자존심은 '내가 누구인지를 알고 사람답게 사는 지혜를 얻는 마음'입니다. '나는 잘났다, 어쩔래?' 따위는 자만심입니다.

저는 혈기 방자하던 시절에 남 탓을 해서라도 자신을 정당화하려 했지만, 철이 좀 더 든 뒤에는 좋은 스승을 만난 덕에 남 탓을 해봤자 거짓의 노예로 살게 될 뿐이라는 걸 알았습니다. 중년이 되어서는 육신의 근육보다 정신 근육을 더 키워야 한다는 깨달음을 얻었습니다.

정신 근육을 키우기 위해서는 생각 근육과 영혼 근육부터 키워야 합니다. 생각 근육과 영혼의 근육을 키우다 보면 행복은 손을 뻗으면 닿을 곳에 있는 소박한 것이라는 사실을 알게 됩니다. 또 수많은 책을 통해 정진하는 지인들과 소통하며 사랑, 용서, 배려, 베풂이 영혼의 근육이라는 걸 깨달을 때 세상에 끌려다니지 않는 자유로움을 갖게 됩니다.

자존심을 지키려면 먼저 스스로를 지극히 사랑해야 합니다. 내가 없으면 세상도 없습니다. 나는 우주 역사상 오직 하나뿐이고 생은 이번이 마지막입니다. 내가 세상의 주인이라는 품격 높은 자존심을 가져야 합니다.

●

결국 자존심은 사람다운 사람의 징표입니다. 내가 존귀하니 남도 존귀하게 여기고, 나를 사랑하니 남도 사랑하며, 사랑과 용서 덕분에 내가 생존할 수 있었으니 나도 남을 사랑하고 용서하는 게 진정한 자존심입니다. '따뜻한 자존심'을 가진 사람이야말로 세상의 참다운 주인입니다.

'따뜻한 자존심'은 맹자의 가르침에서 쉽게 찾을 수 있습니다. 맹자는 사람이 마땅히 갖추어야 할 심성 네 가지를 제시했습니다. 어짊을 뜻하는 인(仁)과 의로움을 가리키는 의(義), 예절을 뜻하는 예(禮)와 지혜를 가리키는 지(智)입니다. 인의예지를 고루 갖출 때 우리의 품격도 한층 높아지겠지요.

행복하려면 육신이 건강해야 하고, 육신이 건강하려면 먼저 마음이 건강해야 한다는 사실을 잊지 말아야겠습니다.

안나푸르나가 가르쳐준 것

    여러 해 전에 히말라야산맥의 산봉우리 중 하나인 안나푸르나 등정에 도전했습니다. 적은 나이도 아니고, 그곳은 폭설 탓에 인명 피해도 자주 생기는 곳이라 몇 날 며칠 강행군을 해야 하니 젊은 시절에 다친 무릎 걱정을 하며 말리는 지인들이 있었습니다. 그때 저는 지인들에게 희떠운 소리를 했습니다.

"내가 하늘과 신으로부터 늘 먼 곳에서 살았으니 이참에 하늘과 신에게 가까이 가보려 해요. 속절없이 산 세월도 길었고 겁 없이 산 세월도 적지 않았지요. 무람없이 살고 아는 체하며 으스댄 적도 많았으니 이참에 하늘과 신 가까이 가서 마음의 허기를 실토하고 싶어요."

말은 그럴듯하게 했지만, 포기하지 않고 스스로 해낸 일이 인생에 하나쯤 있으면 좋을 듯해서 도전한 것이었습니다. 저는 성질이 급한 탓에 무슨 일이든 몹시 서둘렀고 잘 안되면 쉽게 포기하곤 했습니다.

지금까지 악기 하나 다루지 못하는 것은 지루한 기초 연습 시간을 견디지 못하고 배우자마자 연주하고 싶은 급한 성질 때문이었지요. 그림과 붓글씨도 마찬가지였습니다.

컴맹이라 지금 이 글도 만년필로 썼습니다. 원고 청탁을 받으면 얼른 컴퓨터로 작업하는 걸 배워야지 하고 마음먹지만 사실 그때뿐입니다. 남들은 그 정도야 거뜬히 견뎌내는데, 저는 사나흘만에 숙달이 안 되면 급한 성미에 손을 놓아버리곤 합니다.

그러나 언제까지나 포기하며 살 수도 없는 노릇입니다. 포기하지 않는 의지가 있었기에 세상이 발전했으니까요. 날기 위해서는 날개가 필요했고, 그래서 인간은 비행기와 헬리콥터를 만들었습니다. 치타처럼 잘 달리고 싶어 자동차를 만들었고, 소식을 빨리 전하려고 휴대폰을 만들었습니다. 멀리 보기 위해 망원경을 만들었고, 상세하게 보려고 현미경을 만들었습니다.

●

안나푸르나에 오르며 너무 고통스러워 그만 하산하고 싶었습니다. 그럴 때 여러 번 등정했던 후배가 "이 지독한 고통을 통과해야 진짜 희열을 맛보고 인생의 자랑거리가 생깁니다"라고 하는 바람에 끝까지 기를 쓰고 등정했습니다.

히말라야 정상에 오르는 산악인들에게는 극한의 고통을 이겨내는 진통제가 있다고 합니다. 바로 '좋은 생각'이라고 합니다. '해낼 수 있다', '혼자가 아니다', '잘할 수 있다', '이 고통을 이겨내야 정상에 오른다', '정상에 오르면 행복해진다'…… 이런 생각을 하면 고산증이나 육체의 고통도 견딜 수 있다고 했습니다.

나쁜 생각을 하면 좋은 생각을 할 때보다 산소와 에너지가 많이 소비된다지요. '두렵다', '고통스럽다'고 생각하면 몸에서 힘이 빠지고 자신감도 무너진다고 합니다.

지독한 고통을 견디며 등정의 마지막 지점인 푼 힐에 올라섰을 때였습니다. 하늘로 이어진 인공 계단 같은 빙판을 기어가듯 올라갔습니다. 눈앞에 히말라야 14좌가 찬란하게 펼쳐졌습니다. 후배 말이 맞았습니다. 절경을 두 눈으로 확인한 순간 '인생의 자랑거리' 하나가 더 생겼으니까요.

그때 문득 머릿속을 휘젓고 가슴을 두드리는 제 영혼의 소리를 들었습니다. 고통을 통과했기에 들을 수 있는 소리였습니다. 아직도 제 휴대폰에 저장되어 있는 소리는 바로 이것입니다.

"히말라야 열네 봉우리는 수수만년 전부터 존재했고 앞으로도

수수만년 제자리에서 절경을 뽐낼 것이다. 이런 절경에 경탄하면서 왜 우주 역사상 오직 하나뿐인 자신에게는 경탄하지 않는가."

나 자신이 살아 있음에 경탄해야 합니다. 나와 같은 존재는 과거에도 미래에도 현재에도 오직 하나뿐입니다. 매일 경탄해도 좋습니다.

●

헬리콥터의 위쪽에는 큰 날개가 있고 꼬리 쪽엔 작은 날개가 있습니다. 윗날개는 수평으로 돌고 작은 날개는 수직으로 돕니다. 회전 날개를 돌려 양력과 추력으로 상승한다는 걸 알았지만 꼬리 날개가 왜 필요한지 몰라 독도에 취재하러 갈 때 저를 안내하는 헬리콥터 조종사에게 물어보았습니다.

"윗날개는 헬기를 띄우지만 뒷날개가 없으면 뱅뱅 돌게 됩니다"라고 했습니다. 회전 날개는 시계 방향으로만 돌기 때문에 헬기를 띄울 수는 있지만 방향을 잡을 수는 없습니다.

그때 제 머릿속을 스쳐간 것은 '인생에서 큰 날개와 작은 날개가 동시에 회전해야 한다'는 것이었습니다. 인생의 큰 날개는 나를 일으켜 세우는 것으로 공부, 실력, 희망, 인연 쌓기 따위이고, 인생의 작은 날개는 나를 앞으로 나아가게 하는 것으로 실천, 행동, 도전, 자존감 등등입니다.

저절로 잘 살아지는 방법은 없습니다. 짐승과 벌레와 초목도 자신의 모든 걸 걸고 삽니다. 하물며 인간이겠습니까? 한번 태어났으면, 그리고 지금 살아 있다면 자기 인생에 도전해야 합니다.

도전은 쉬운 게 아닙니다. 그러므로 도전할 때에는 실패를 각오해야 합니다. 설령 실패한다 하더라도 좌절하지 말고, 실패를 디딤돌 삼아 성공의 길로 더 나아가야 합니다.

가면 벗은 군자의 삶

　　몇 해 전, 장편소설을 출간하고 홍보차 언론사 기자들과 만난 자리에서 일간지 기자가 이렇게 물었습니다.

　　"왜 요즘에 소설이 팔리지 않는다고 생각하십니까?"

　　그 말에 저는 서슴없이 대답했습니다.

　　"날마다 사건 사고가 여기저기서 터지고 그게 소설보다 백배 재미있는데 누가 소설을 읽으려고 하겠습니까?"

　　제 말에 기자들이 소리 내어 웃었습니다.

　　현실에서 소설보다 흥미로운 사건 사고의 주인공은 대체로 '가면 쓴 인간'이라는 생각을 했습니다. 가면은 안면을 감추거나 달리 꾸미기 위하여 얼굴에 쓰는 물건을 가리키지만, '가면 쓴 인간'은

속뜻을 감추고 거짓을 꾸미는 의뭉스러운 태도를 보이는 사람을 의미합니다. 살면서 누구라도 한 번쯤 '가면 쓴 인간'을 만났을 겁니다.

저는 비교적 사회 활동을 많이 하면서 살았습니다. 그러니 가면 쓴 인간들을 오죽이나 많이 만났겠습니까. 그들은 대부분 거짓의 기술자들입니다. 거친 물결에 흔들리는 세상 속에서 '천사의 가면을 쓴 악마'를 분간하기는 쉽지 않습니다. 가면이 벗겨졌을 때 그들은 수두룩한 핑곗거리를 대며 능숙하게 변명하곤 합니다.

나치 정권의 선전책 요제프 괴벨스는 "거짓말도 계속하면 진실이 된다"고 했습니다. 남에게 덮어씌우는 재주도 능란합니다. 가면 쓴 인간의 행태는 구둣발로 사람을 걷어차고 "내가 걷어찬 게 아니고 구두가 그런 거"라고 우기는 모양새지요. 그들은 공손하고 친절하며 겸손한 척하지만, 본색은 비겁하고 잔인하며 거칠고 치졸합니다.

●

『논어』 같은 동양 고전에서 사람을 군자와 소인, 두 부류로 나누어 설명합니다.

군자는 역경을 관통해서 심상이 단단해진 사람을 뜻하고, 소인은 역경에 굴복해서 심상이 허물어진 사람을 지칭합니다. 시기와 질투, 거짓과 욕망에 휘둘린 사람을 소인이라고 부릅니다.

우리는 살면서 수없이 많은 군자와 소인을 만납니다. 그런데 현실에서는 대개 나한테 잘하거나 나를 남다르게 대우해 주는 사람을 군자로 여기고, 나한테 잘하지 않거나 나를 대우해 주지 않는 사람을 소인으로 여기곤 합니다.

그렇다면 내가 남들에게 군자처럼 보이는 방법은 뻔합니다. 상대에게 뭐든 잘해주고 상대를 대우해 주면 됩니다. 그러나 그건 정말 쉽지 않습니다. 인간관계란 내가 해준 만큼 나도 받아야만 지속되는 것이기 때문입니다.

사람은 살아가면서 누구나 더러 군자가 되고 더러 소인이 되는지도 모르겠습니다. 누군들 군자처럼 살고 싶지 않은 사람이 있겠습니까마는 둘러보면 소인배들이 많아 보일 겁니다. 각자 바라는 게 많아 서로 충돌할 수밖에 없기 때문입니다.

●

우리는 이웃들을 좋은 사람과 나쁜 사람, 소박하게 사는 사람과 욕심부리며 사는 사람, 남을 돕는 사람과 남을 해치는 사람, 많이 가진 사람과 못 가진 사람 등으로 구별합니다.

지혜로운 사람, 세상을 멋지게 사는 사람, 존중 받고 보탬이 되게 사는 사람, 잘 베풀고 배려하는 사람, 마음이 푸근하고 너른 사람의 특징은 바로 마음의 눈을 잘 감아준다는 것입니다. 예부터 그런 사람을 현인, 현자, 군자라고 불렀습니다.

가면 쓴 인간은 결국 소인입니다. 남을 해코지한 자가 발 딛고 사는 세상은 지옥입니다. 그가 저지른 죄는 언제 들켜도 들키기 마련입니다. "하늘의 그물은 크고 성근 것 같지만 빠뜨리지 않는다"는 노자의 교훈을 가슴 깊이 새겨, 품행과 언행을 바르게 하고 역경을 관통해야 합니다.

인간 명품이 되는 여섯 가지 방법

세상에는 명품이 꽤나 많습니다. 2023년, 금융감독원 조사에 따르면 우리나라의 연간 명품 수입액이 5조 3천억 원을 넘겼다고 합니다. 또 어떤 관세 전문가는 8조 원이 넘는 거래량이라고 했습니다.

우리나라 사람들이 명품을 유달리 좋아한다고 비판하는 학자들도 있습니다. 명품에 집착하는 이유는 우리 국민이 서로를 비교하며 산 세월이 길었기 때문일 거라고 했습니다.

비교 때문에 주눅 든 걸 만회하기 위한 방편으로 명품 천국, 성형 천국, 아파트 천국이 되었다고도 합니다. 자동차도 비싼 것으로 사고, 가전제품도 대형으로 찾으며, 아파트도 넓은 평수를 선호하고, 뒷동산에 올라갈 때도 안나푸르나 가듯 과하게 입는다는 소리도 듣습니다.

　사람은 누구나 짝퉁이 아닌 명품이 되고 싶어 합니다. 남들의 부러움을 사고 싶어 합니다. 어쩌면 재력과 권력, 명예를 탐내는 것은 인간 명품이 되고 싶은 보편적 욕구 때문인지 모릅니다.

　그러나 입고 먹고 사는 것으로 '인간 명품'이 되는 건 아닙니다. 명품을 갖는 것만으로 사람의 품격이 달라질 수는 없습니다.

　나는 세상에 오직 하나뿐이니 그 자체만으로 명품이요, 언제나 최고 가격으로 인정받아야 합니다. 내가 명품이 되면 나뿐만 아니라 내가 가진 것, 내 주변까지 모두 명품이 됩니다. 돈으로 살 수 있는 것은 '소문난 물건'이지만 스스로 깨달아서 얻은 건 '인간 명품'입니다.

　인간 명품이 되기 위한 과정에는 시련과 고난, 좌절과 실패가 뒤따르기 마련입니다. 가장 비싼 보석인 다이아몬드도 원석을 깎고 갈고 벗겨내고 다듬는 단계를 거쳐야만 보석으로 평가 받을 수 있습니다. 빛나는 보석은 저절로 만들어지는 게 아닙니다.

●

인간 명품이 되려면 어떻게 해야 할까요?

　첫째, 자유인이 되어야 합니다. 자유인은 자유로운 영혼으로 주인답게 살며 시련과 고난에 맞서는 사람을 말합니다. 정신적 노예로 살면 자유인이 아닙니다. 정신적 노예는 자기 목에 밧줄을 걸고 돈, 권력, 명예, 자식, 아파트, 자동차, 재산, 학력, 집안, 인물 따위에 끌려다니는 존재입니다. 자유인은 세상을 넓고 깊게 보며 남보다 한발 앞서 걷습니다.

둘째, 죽는 날까지 호기심을 잃지 않아야 합니다.

96세에 타계한 세계적인 경영학자 피터 드러커는 "호기심을 잃는 순간 늙는다"고 했습니다. 호기심을 잃지 않기 위해 하루에 15분 정도는 읽고 쓰라고 했습니다.

흐린 눈으로 세상을 보지 말고 밝은 눈으로 세상을 바라봐야 합니다. 그러기 위해 '세상 읽기'와 '마음 쓰기'를 해야 합니다. 세상 읽기는 남의 삶을 읽는 행위이고, 마음 쓰기는 내 마음을 밝히는 행위입니다.

셋째, 사랑과 용서를 조율하는 삶을 살아야 합니다.

사실 이건 말하기 쉬워도 실천하기는 쉽지 않습니다. 영혼이 넉넉한 사람의 몫이라고도 합니다. 그러나 사랑과 용서를 실천한다면 우리 삶은 좀 더 나은 쪽으로 나아갈 수 있습니다. 자신을 보호하는 최고의 방부제는 바로 사랑과 용서입니다. 자신을 가장 품격 있게 포장하는 것도 사랑과 용서입니다.

저는 책상 앞에 '사랑할 때는 나와 내 그림자까지 데리고 가야 한다. 미워할 때는 내 그림자만 보내야 한다. 햇살과 함께'라고 쓴 붓글씨를 붙여놓았습니다. 늘 사랑과 용서를 생각하지 않으면 실천하지 않게 됩니다. 그 글을 읽을 때마다 저는 '아차, 또 잊어버리고 살았구나' 하고 마음 다지곤 합니다. 언젠가는 그런 글귀가 필요 없는 삶을 살면 좋겠습니다.

넷째, 세상과 잘 어울리는 사람이 되어야 합니다.

사람들과 잘 어울려야 합니다. 그러려면 남이 보는 나는 안정감, 푸근함, 편안함, 품격을 갖춘 사람이어야 합니다. 가족과 친구와 지인에게 말과 행동을 조심할 뿐 아니라 칭찬과 웃음을 나누어야 합니다. 칭찬과 아부를 구분할 줄도 알아야 합니다.

인간의 정을 나누는 게 칭찬이라면, 이익을 위해 잔꾀를 부리는 건 아부입니다. 남의 비위를 맞추어 입에 발린 말을 하는 행위는 머지않아 자기 이익으로 돌아오지 않으면 비난하거나 토라지겠다는 '예비 음모'라고 할 수 있습니다.

다섯째, 영혼이 향기로운 사람이 되어야 합니다.

인간은 누구나 영혼의 상처를 지니고 있습니다. 그 상처를 치유하고 한층 더 성장하는 사람이 향기로운 사람입니다. 영혼이 향기 나는 사람은 휴머니즘을 품고 있습니다. 인간의 존엄성을 최고의 가치로 여기고 인종, 민족, 국가, 종교의 차이를 초월하는 정신을 가져야 합니다.

흔히 "모임에서 정치와 종교 얘기는 하지 말라"고 합니다. 정치적 견해가 다르고 종교적 믿음이 다를 때 서로 마음 상하는 일이 생기기 때문입니다. 사람마다 견해와 믿음이 다를 수밖에 없습니다. 그러나 그건 나와 그 사람이 다른 것이지 상대가 틀린 게 아닙니다. 이런 사실을 인정할 수 있는 사회가 좋은 세상입니다.

6·25전쟁 때 우리나라는 세계 수십 개 나라에서 군사 및 물자, 의료 지원을 받았습니다. 당시 참전국이었던 에티오피아에 의료 용품 등을 지원한다는 최근 뉴스를 보았습니다. 도와준 나라가 어려울 때 우리도 마땅히 도와야 합니다. 그리고 6·25전쟁 때 우리를 도와주지 않은 나라라 하더라도 지진이나 태풍 등 막심한 피해로 고통 받고 있다면 돕기를 주저하지 않는 것이 곧 휴머니즘입니다.

저는 참 근사한 모임에 종종 참석하곤 합니다. 불교, 기독교, 천주교, 원불교, 천도교, 성공회의 성직자들이 정기적으로 모여 세계평화를 연구하는 모임입니다. 식량난으로 고통 받는 북한 동포와 가난하고 병든 이들을 돌보는 일을 계획하고 우리 민족이 나아갈 길을 토론하기도 합니다.

부처님 오신 날에는 목사님, 신부님, 교무님, 교령님, 성공회 주교님이 절에 모여 스님과 함께 법회를 주관하고, 성탄절에는 이분들이 교회나 성당에 모여 강론이나 설교를 합니다. 교회 장로

님이 절에서 축가를 부르고 교회나 성당에서는 불교 합창단이 축가를 부릅니다. 종교를 뛰어넘는 휴머니즘의 위대함을 유감없이 보여줍니다.

여섯째, 육신과 영혼이 건강한 사람이어야 합니다.

살아서 병 없기를 바라지 말라는 말도 있지만, 평생 건강을 유지하는 건 결코 쉽지 않습니다. 신선한 음식을 먹고 적절한 수면을 취하고 각종 예방 치료와 운동을 하면서 우리 몸을 잘 관리해야 합니다.

육신이 건강하려면 먼저 마음이 밝아야 합니다. 마음 따라 몸이 간다는 걸 잊지 마세요. 현대 의학에서 스트레스를 중요하게 다루는 것도 바로 '마음의 아픔'이 '몸의 아픔'으로 전환되기 때문입니다. 육신이 망가지면 정신 가다듬기도 쉽지 않습니다.

육신의 아픔은 약과 의사의 도움으로 나을 수 있지만 마음의 아픔은 '자기치료'를 해야 합니다. 마음을 다스리는 자기치료에는 기도, 수행, 수련, 찬송, 명상, 마음공부, 정진 등이 있습니다. 생각을 살짝 바꾸면 내가 바뀝니다. 내가 바뀌면 내 인생도 명품으로 바뀝니다.

절벽을 피할 수 없다면
건너는 법을 생각해야 합니다

코로나19 팬데믹으로 일상생활이 어려워지자 우리는 모두 마음고생을 했습니다. 저도 병상에서 극심한 고통을 겪어가며 죽을 고비를 넘긴 뒤 강연과 방송 출연을 중단할 수밖에 없었고 3년여 동안은 수입이 거의 없었습니다. 팬데믹이 해소되어도 그 후유증은 이어졌습니다.

저는 저 자신만 책임지면 되지만, 가게나 사업체를 운영하는 사람들은 책임질 게 너무 많습니다. 딸아이에게 "너는 다달이 월급을 받지만 너희 회사 회장님은 지금 근심 걱정으로 밤을 지새울 거야"라고 말했습니다. 딸아이가 고개를 끄덕이며 "회장님은 정말 밥맛도 모르시겠네요"라고 했습니다. 팬데믹 후유증으로 마음고생하는 사람들이 여전히 많습니다. 이참에 저도 마음을 다지고자 제 인생을 반추해 보았습니다.

앞만 보며 달리다 절벽 앞에 멈추다

살얼음판 같았던 혹독한 군사정권 시절에 저는 계엄사령부의 잔혹한 검열에 맞서며 장편소설 『인간시장』을 발표했습니다. 주인공 장총찬은 법보다 주먹을 앞세우는 인물이었습니다. 군사독재를 앞세운 전두환 정권의 현실을 꼬집고 시대적 울분을 상징적으로 드러냈다는 호평을 받았습니다.

책이 판매 금지되는 상황에서도 저는 대한민국 최초의 밀리언셀러 작가가 되며 인기와 시련, 환호와 고난, 부러움과 시샘을 견디느라 경황없이 살았습니다.

참자유를 외치려고 문단의 선배들을 모시고 '실천문학' 운동을 시작했고, 건강한 시민사회를 가꾸기 위해 전문가들과 합심해 '경제정의시민실천연합(경실련)'에서 시민운동을 하느라 이리저리 뛰어다녔습니다. 라디오와 텔레비전 프로그램의 진행자로 수많은 사람들을 만나며 의도치 않게 인생 공부를 했습니다.

정치를 하며 국민들께 잘 보이려고 무던히도 애쓰다가 '상습적

당론 거부자', '왕따 국회의원', '마패 없는 암행어사', '여의도 장총 찬', '간언(諫言)쟁이' 따위의 별명을 얻었습니다. 심지어 정치권의 최고위층과 계속 맞짱을 뜨는 바람에 '빈 라덴'이라고도 불렸습니다. 미국 9·11테러의 주모자인 국제 테러리스트 오사마 빈 라덴에 빗댄 것이었습니다.

제가 오죽 참견하고 나대고 파헤치고 대들었겠습니까. 신문과 방송의 뉴스거리로 7년 반 내내 회자되었으니 참 정신없이 살았습니다.

정치를 청산하고 소설가로 복귀하기 위해 3년간 두문불출했습니다. 200자 원고지 1만 2천 장에 만년필로 눌러쓴 우리 민족의 대서사인 대하 역사소설 『김홍신의 대발해』를 전 10권으로 출간했습니다.

독자와 기업, 지방자치단체와 대학, 시민단체와 각종 조직의 초청으로 전국을 돌아다니며 강연하느라 몸살을 앓았습니다. 대학의 석좌교수로, 정치사회 지도자를 양성하는 중앙선거관리위원회 산하의 민주시민정치아카데미 원장으로 활동하며 훌륭한 제자들과 어울려 열정적으로 살았습니다.

1980년부터 병든 이와 장애인과 무의촌을 찾아다니며 의료 봉사를 하는 친구의 인간애에 반해 따라다니다가 결국 (사)동의난달 이사장을 맡게 되었습니다.

이리저리 바쁘게 살다 코로나19 팬데믹으로 활동이 줄자 고립감이 밀려왔지만, 제 딴에는 평생 처음으로 느긋하게 살아보는 시간이었습니다.

늦잠 자고 일어나 저와 시절인연을 맺은 분들과 세상사에 대한 기도를 하고 간헐적 단식을 하듯 느긋하게 밥을 먹었습니다. 오전에는 커피 한잔, 오후에는 녹차를 마시며 평소 골라두었던 책을 읽었습니다. 건망증이 심해진 탓에 책을 읽다가 좋은 구절을 발견했거나 여러 가지 생각이 떠오를 때마다 바로 적어두었습니다.

간식은 철 따라 콜라비나 토마토, 고구마나 옥수수 따위를 먹었습니다. 저녁 식사는 6시 30분에 하고 뉴스를 본 뒤에 다큐멘터리나 산골에 사는 '자연인'을 더러 보며 그들에게서 여유로움과 살아가는 방법을 배우기도 했습니다.

보고 싶은 사람을 만날 수 없는 아쉬움에 지인들과 통화를 하거나 문자메시지로 짧게나마 안부와 소식을 나누고는 다시 책과 씨름했습니다.

밤이 깊어지면 절 방석을 펴놓고 108배를 하며 기도했습니다. 잠자리에 들기 전에는 수면제 삼아 와인을 한 잔씩 마셨습니다. 침대에 누워, 베개에 머리만 대면 잠든다는 사람을 부러워하며, 떠오르는 갖가지 생각들과 누가 이기나 한판 붙곤 했습니다.

딸아이가 "아빠는 몇 년간 종일 방에서 책 읽고 글 쓰는 일만 하는데, 그게 가능한지 이해할 수도 없고 건강을 해칠까 걱정이에요"라고 했습니다. 남들도 그렇게 생각할 것 같습니다. 저는 지금까지 앞으로 달리기만 했습니다. 뒤돌아볼 것도 없이 앞으로 뛰는 게 제 운명이라고 생각했습니다.

앞으로만 정신없이 뛰어가던 제 앞에 느닷없이 절벽이 막아섰습니다. 그것이 코로나19 팬데믹이든, 응급실과 음압실이든, 사회활동의 막힘이든 간에 분명 절벽이었습니다. 그러나 저는 하늘이 제게 '쉼'과 '마음 가다듬기'와 '뒤돌아보는 법'을 가르치려고 저를 멈추게 했다고 생각했습니다.

그것이 곧 '생각 비틀기'입니다. 생각을 살짝 비틀었더니 마음이 정돈되었습니다. 절벽을 피할 수 없다면 건너는 법을 곰곰 생각해야 합니다.

지금은 행복으로 가는 행군 중입니다

먼저 '쉼'입니다. 뛰면서 지혜로운 방법을 찾을 만큼 현명하지 못하기에 저는 쉼을 통해 절벽을 건너는 방법을 생각했습니다. 어쩌면 현자들도 좌정한 채 마음을 모았을 것 같습니다.

앞만 보고 뛰면서 읽었던 책 내용은 가슴에 담기지 않았습니다. 아는 체하고 말만 하면서 실행에 옮기지 못했습니다. 한 번밖에 못 사니까 살아 있는 동안 잘 놀다 가라고 하면서도 저는 일에 매달리고 달음박질 했습니다.

육신이 건강해야 세상에 폐를 끼치지 않고 남을 도울 힘을 가진다고 주장하면서 책상 앞에 종일 앉아 눈과 오른손을 혹사했습니다. 영혼이 맑아야 인생이 즐겁다고 하면서 온갖 생각들과 전쟁을 했습니다. 생각의 찌꺼기들을 버리고 신선하고 유익한 생각을 하라고 하면서 그놈의 찌꺼기에서 보석이라도 찾을 듯이 헤매었습니다.

생각은 만능 재주꾼입니다. 변덕쟁이이자 보통 고집쟁이가 아닙니다. 행복도 마찬가지여서 도망가는 재주가 뛰어납니다. 그러나 내가 생각을 살짝 비틀면 행복은 다가옵니다.

삶도 적당히 불편한 데서 활력이 생깁니다. 지리산 종주를 하거나 한라산 정상에 오르거나 설악산 상봉에 오를 때, 온몸은 힘들지만 행복감을 느낄 수 있습니다. 산티아고 순례길을 걷거나 안나푸르나 트레킹을 할 때도 육신의 고통만큼 성취감과 행복감은 더 커집니다. 사하라 사막을 걷거나 인도의 10대 성지를 순례하거나 밀림보호구역의 험준한 지형을 통과하면 고통은 엄청난 추억이 됩니다. 인생이 불편할 때마다 행복으로 가는 행군 중이라고 생각해야 합니다.

하늘은 정말 다 주지도, 다 뺏지도 않는 것 같습니다. 행복이라는 고지에 오르려면 힘이 듭니다. 그러나 가는 길이 아무리 험하고 멀어도 틈틈이 쉬고 마음을 가다듬으면 언젠가는 정상에 서서 환히 웃을 수 있습니다.

이제 우리 한 걸음 더 나아가봅시다. 정상에 오른 건 작은 행복입니다. 무사히 하산하여 집에 가서 몸을 씻고 정상에 오른 걸 떠올리며 깊이 잠드는 게 참다운 행복입니다. 행복은 소박하고 자잘하고 가볍고 가까이에 있다고 생각하는 사람의 것입니다. 그런 사람에게만 행복이 다가갑니다.

살아 있음은 가장 확실한 기적입니다

제가 조선시대에 태어났다면 한 번 살다가 죽고, 두 번째 태어나 지금쯤 늙은이로 살고 있을 게 분명합니다. 조선 사람들의 평균수명이 서른다섯 살 정도였다니 말입니다.

인간에게 죽음이 없다면 어떻게 될까요? 지구에 인간이 너무 많아 발 딛고 설 곳이 없을 테니 사람이 살기 어렵겠지요.

외국의 한 어린이가 쓴 기도문을 보고 웃은 적이 있습니다.

"하느님, 사람을 죽게 하고 또 만드시느라 고생하지 마시고 그냥 지금 살아 있는 사람들을 계속 살아 있게 해주세요."

저도 죽기는 싫습니다. 그러나 죽지 않을 방법은 없습니다. 사람은 태어나는 순간부터 죽음으로 달려가는 존재니까요.

물은 맛이 없어서 평생 마실 수 있고, 공기는 향기가 없어서 평생 마실 수 있습니다. 만약 물에 맛이 있다면 지겨울 테고 공기에서 향기가 난다면 진저리를 칠 것 같습니다.

그러나 사람에게는 정해진 평균수명이 있기에 살아 있는 동안 맛있고 향기 나게 살아야 합니다.

죽음이 우리를 기다리지만, 두려워하지 마십시오. 잘 살아가는 방법을 마음에 새기면 됩니다. 거듭 말하지만 잘 산다는 건 돈, 권력, 명예를 차지하는 게 아니라 사랑, 용서, 배려, 베풂을 끌어안고 세상의 주인답게, 재미있고 건강하게 사는 것입니다.

지금 살아 있는 것만으로도 엄청난 기적을 일구었음을 결코 잊지 마세요. 살아 있음은 모든 생명의 존재를 증명하는 가치 있는 일입니다.

살아 있음은 가장 확실한 기적입니다.

겪어보면 안다

초판 1쇄 2024년 7월 10일
초판 7쇄 2025년 1월 20일

지은이 | 김홍신
펴낸이 | 송영석

주간 | 이혜진
편집장 | 박신애 **기획편집** | 최예은 · 조아혜
디자인 | 박윤정 · 유보람
마케팅 | 김유종 · 한승민
관리 | 송우석 · 전지연 · 채경민

펴낸곳 | (株)해냄출판사
등록번호 | 제10-229호
등록일자 | 1988년 5월 11일(설립일자 | 1983년 6월 24일)

04042 서울시 마포구 잔다리로 30 해냄빌딩 5 · 6층
대표전화 | 326-1600 **팩스** | 326-1624
홈페이지 | www.hainaim.com

ISBN 979-11-6714-083-8